노원을
걷다

* 이 책은 노원문화재단의 지원으로 제작되었습니다.

노원을
걷다

구효서 외 16인 글
박해욱, 이호승 사진

발행일 | 2021. 10. 15

발행처 | **Human & Books**
발행인 | 하응백
출판등록 | 2002년 6월 5일 제2002-113호
서울특별시 종로구 삼일대로 457 1409호(경운동, 수운회관)
기획 홍보부 | 02-6327-3535, 편집부 | 02-6327-3537, 팩시밀리 | 02-6327-5353
이메일 | hbooks@empas.com
후원 | 노원문화재단

ISBN 978-89-6078-751-3 03810

노원을
걷다

글
구효서 외 16인

사진
박해욱, 이호승

Human & Books

차례

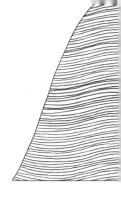

3부

노원의
감성을
걷다

길 위의 인문학 '노원을 걷다' 발간에 부쳐

노원문화재단 이사장 김승국

노원구는 지정학적으로 과거에는 경기 북부와 황해도로부터 서울로 들어가는 관문이자, 강원도 철원, 화천으로부터 서울로 들어가는 관문이었다. 많은 이들이 노원을 거쳐 서울로 들어오고, 노원을 거쳐 지방으로 나갔다. 그 수많은 사람을 따라 종교도, 문화도, 사회도, 정치도, 경제도, 과학 등도 함께 드나들었다.

1980년대 노원구에 아파트가 대규모로 지어지면서 대도시로 급속히 발전되었으나, 주민의 대부분이 아침이면 노원구를 떠나 생업에 종사하다, 저녁이면 집으로 돌아오는 대규모 베드타운이기도 하다. 노원을 고향으로 하여 지금껏 살아온 분들도 있겠지만, 대부분은 여러 지역에서 모여든 사람들로 이루어져 있다. 그래서인지 노원에 대한 애착이나 노원구민으로서의 지역적 정체성이 그리 강하지가 않으며, 노원의 역사나 노원만이 갖는 특성과 환경을 알지 못하는 사람들이 많다.

사람이 자신이 태어나 자라난 곳에 대한, 혹은 자신이 사는 곳에 대한 역사와 문화, 그리고 감성을 모르고 살고 있다는 것은 마치 고향을 잃은 실향민과 같이 불행한 일이다. 자신의 지역에 대한 자긍심과 애착이 없다면 노원에 거주하고 있는 사람들이 한 마을 사람으로서의 유대감을 갖고 함께 어우러져 서로 돕고 함께 일을 도모하기도 어렵다. 그래서 우리 노원문화재단이 나섰다. 노원구에 거주하고 있거나 거주하였던 한국의 대표적인 문필가들에게 노원의 길을 다시 거닐며, 그들의 눈에 비친 노원구의 역사와 문화와 감성에 대한 글을 써달라고 부탁하였다.

왜냐하면, 길은 우리 인간이 자신이 정해 놓은 목적지를 걸어가는 통로이자 마을과 마을, 인간과 인간, 문화와 문화, 역사와 역사를 연결하는 통로이기 때문이다. 한 사람만을 위한 길도 있을 수 있겠지만, 길 대부분은 공동체가 함께 사용한다. 우리가 사용하는 길은 얼마 되지 않은 신작로도 있지만 매우 오랜 역사를 가진 길도 있다. 그래서 길 위에는 앞서간 수많은 사람의 역사와 문화와 감성이 숨 쉬고 있다. 노원에 정통한 문필가들의 다양한 시각으로 쓰여진 에세이와 전문 사진작가들의 현장 사진이 곁들여져 만들어진 것이 길 위의 인문학 '노원을 걷다'이다.

이번에 펴내는 '노원을 걷다'가 노원의 길에 얽혀진 역사와 문화와 감성을 이해하는 첫걸음이 되길 소망해본다. 앞으로도 다양한 시각과 더욱더 알찬 내용으로 채워질 『노원을 걷다』 시리즈 편저가 나오길 기대한다.

이 책의 집필에 참여해주신 소설가 구효서 작가님 외 열여섯 분의 집필진과 박해욱, 이호승 사진작가님께 감사를 드린다. 특히 이러한 유의미한 시도에 처음 대화 상대로 기꺼이 응해주시고, 책이 나올 때까지 주도적으로 역할을 해주신 문학평론가인 하응백 〈휴먼앤북스〉 대표님께 진심으로 감사의 인사를 드린다.

노원은 시작입니다

길이란 어떤 곳에서 다른 곳으로 이동할 수 있도록 땅 위에 낸 일정한 너비의 공간을 말합니다.

그러나 어찌 땅 위에만 길이 있을까요. 바닷길이 있고 하늘길도 있습니다. 배를 타고 다니는 길은 바닷길이지만 물이 저 스스로 지나는 길은 물길이라고 합니다. 마찬가지로 비행기를 타고 지나는 길은 하늘길이지만 공기가 흐르는 허공의 길은 바람길이라고 부릅니다. 그것의 모양과 위치, 이동하는 주체와 용도에 따라 길의 이름은 늘어나지요. 한길, 흙탕길, 고샅길, 숲길, 아랫길, 언덕길, 기찻길, 철쭉길, 수렛길, 빗길, 등굣길, 과거길, 귀갓길, 지름길, 도붓길, 혼행길……. 거기에다 이제는 온 나라의 길들이 모두 이름을 달았습니다. 수락산로, 한글비석로, 초안산로, 화랑로, 덕릉로……. 세상에 이루 헤아릴 수 없는 것 중 하나가 길의 이름이니, 세상은 길로 이루어져 있다고 해도 틀린 말은 아니겠지요. 지금 이 시각에도 길은 새롭게 태어나고 있습니다.

하루라도 길을 가지 않는 날이 없습니다. 길 없는 세상은 상상할 수 없습니다. 탄탄대로와 가시밭길이 있고 꿈길이 있는가 하면 고생길이 있으며 살길과 황천길까지 있네요. 그러니 굳이 발로 오가지 않더라도 우리의 삶은 숱한 길들로 촘촘히 에워싸여 있습니다.

그런데 우리는 어떤 길을 얼마큼, 어떻게 걸을까요. 노원구청에서 은행사거리까지 가는데 보람아파트와 온곡초등학교를 거쳐 멀리 돌아가는 사람이 있다고 한다면, 그리고 운동할 목적도 아니면서 2번이나 5번 마을버스조차 타지 않고 걸어서 가려 한다면 바보라고 할지도 모르겠습니다. 가장 짧은 거리를 가장 빠른 교통수단을 이용해 가는 것이 상식적인 길 사용법일 테니까요.

그래서 이 책의 첫걸음은 조심스러웠습니다. 아무래도 우리 모두 바보가 돼 보자고 말하게 될 것 같아서 말입니다. 하지만 발걸음을 떼기로 용기를 냈습니다. 그리하지 않으면 어떤 의미에서는 오히려 더 바보가 될 것 같았으니까요.

한 IT 전문인으로부터 '경로의존'이라는 말을 들었습니다. 가까워서든 빨라서든 편해서든 재미있어서든, 누구나 익숙한 길을 반복해 걸으며 거기에 삶을

의존하게 된다는 것인데, 길에 대한 의존도가 높아질수록 다른 길 낯선 길을 외면하게 되고 결국은 제한된 길에 갇혀 때로는 비싼 통행료를 지불하거나 그곳 상가의 경로독점에 불이익을 당하는 문제가 생길 수 있다고 했습니다.

돈 문제도 문제겠지만, 무엇보다 안타까운 것은 그 길 아닌 길을 알지도 걷지도 못하게 된다는 것 아닐까요. 공간을 생명의 관점에서 본다면 길이란 동정맥과 모세혈관 혹은 숨길일 터이니 흐름이 원활하지 않을 경우 초래될 증상을 짐작하기란 어렵지 않습니다. 오가지 않으니 경험이 형성될 리 없고, 모르게 되어, 그 길은 내 안의 세상에 존재하지 않는 빈사의 공간이나 다름없게 됩니다.

저는 노원에서 24년째 살고 있습니다. 그동안 한 번도 노원을 떠난 적이 없습니다. 그런데 노원의 어떤 길을 얼마나 걸었으며 무엇을 보았고 누구를 만났을까요. 과연 노원에 살았다고 할 수 있을까요. 공간을 얻지 못한 저의 24년이 인생에 온전한 시간으로 자리할 수 없는 거라면 제 삶 어딘가에는 바보 같은 데가 있는 거라고 생각합니다.

노원뿐일까요. 어디에 살게 되든 마찬가지일 것입니다. 다만 걷기의 시작을 지금, 여기, 노원에서 해보자는 것이고 어디서든 이어가자는 것이지요. 우리의 감각과 인식의 세계를 새롭게 확장하는 데는 신경망처럼 뻗은 길을 걷고 또 걷는 일보다 더 신통한 일은 없을 것이기 때문입니다.

이 책 속의 길이 처음일 수는 있어도 마지막일 수는 없을 겁니다. 세상의 모든 길은 어디로든 끝없이 이어지며 새로운 길을 만나니까요. 걷고 걸으면 없는 길이 생기기도 합니다. 모쪼록 노원을 걸으면서 우리가 우리 앞에 놓인 세계를 어떻게 딛고 있는지 보게 되길 바라며, 걷는 데 들인 품에 비해 엄청날지도 모를 많은 아름다운 발견들로 부디 행복해지길 바랍니다.

2021. 5.

구효서

1

노원의

역사를

걷다

길은 꿈을 닮는다

— 간장 수제비와 붉은 마가렛

구효서[•](글·사진)

길을 그토록 오래 들여다본 건 처음이었다. 포장도로이긴 하지만 여기저기 기운 자국이 많아 노면의 기울기와 색깔이 고르지 않은 오래 된 길. 소형차 두 대가 비켜 가기에도 힘겨운 좁은 길. 중계로4길이라고 이름 붙여진 중계본동의 길 중에서도 104마을의 가장 아래쪽 길이었다. 한때는 마을에서 가장 번화가였을.

연탄교회라는 이름이 색달라서 가던 발길을 멈추고 사진에 담는데 등 뒤에서 누군가 물었다.

"무얼 그리 찍는대요?"

돌아보니 반 평도 채 안 되는 평상 위에 고우신 할머니 한 분이 앉아 있었다. 이분이 장순분(80)씨였는데, 나의 발밑을 가리키며 수줍은 듯 말했다.

"내가 닦은 길이라오."

"정말요? 세상에."

• 1987년 중앙일보 신춘문예에 소설 당선. 동인문학상, 이상문학상 수상. 전업작가. 장편소설 『비밀의 문』 『랩소디 인 베를린』 등 다수.

살아오면서 걸었던 수많은 길 중에 그 길을 낸 사람을 직접 만난 건 처음이었다. 그것만으로도 기적 같은 일이었다. 나는 놀라서 평상에 주저앉았다. 궁금한 게 아주 많았다. 그분은 서두르지 않고 천천히 이야기를 이어나갔다.

"여기가 죄 소나무밭이었지. 마을 사람들과 함께 그걸 베고 뽑고 길을 냈다오. 흙길이었어."

그녀의 길 얘기는 곧 그녀의 삶 얘기일 수밖에 없었다. 석관동 무허가 집에서 남편과 어린 세 자녀와 살던 때의 꿈은 집에 전기가 들어오는 거였다. 마침내 꿈에도 그리던 전기가 들어와 전등불을 밝히며 환호했던 바로 다음 날, 온 가족이 트럭에 실려 불암산 자락의 군용텐트에 부려졌다. 강제이주였다. 서울의 이곳저곳에서 한 해 먼저 실려 온 사람들이 이미 산 아래쪽을 차지하고 있어 그녀의 가족은 위쪽의 텐트를 배당받았는데 그때가 1968년 11월이었고 하순이었다. 추운 바람이 들어오는데 텐트 안은 맨땅바닥이었다. 한 텐트에 네 가구씩 밀어 넣었다. 바닥에 백묵으로 금을 그어 세대를 구분했다. 불암산에 올라 땔감을 준비해 맨땅바닥에 피우며 추운 겨울을 났다. 장순분씨의 산104번지 살이는 그렇게 시작되었다.

마침 남편이 목수였어서 남들보다 먼저 아쉬운 대로나마 작은 집을 손수 짓게 되었다. 그때 지원받았던 시멘트 벽돌이 구멍 세 개 난 '부로꾸'였는데 그나마도 100장이 전부였다고 한다. 그리고 한 가구에 배당된 땅이 8평이었다고 했으니 산104번지의 모든 집들의 시작은 8평이었던 셈이다.

사람들의 부탁으로 그녀의 남편은 집을 지어주기 시작했다. 그렇게 해서 돈이 좀 생길 때마다 조금 더 아래쪽에다 집을 짓거나 샀고, 그 일을 다섯 번에 걸쳐 반복하면서 마침내 지금의 중계4로 맨 아랫길에 다다른 것이다. 그녀 남편의 기막힌 개인사와 결혼과정, 그리고 자제분들의 양육에 이르는 긴 이야기

를 듣는 동안 나는 그녀가 닦았다는 길 위에 하염없이 눈길을 두고 있었다. 길을 그토록 오래 들여다본 건 처음이었다.

"전깃불 들어온 다음 날 쫓아낼 게 뭐람."

"집을 짓는 데 부로꾸 백 장으로 뭘 해요."

그녀는 몇 번이고 그런 말들을 반복했다. 아직도 그때의 일들이 못내 야속한 모양이었다.

"이 길을 닦으면서 품삯은 좀 받으셨어요?"

내가 물었을 때 그녀는 깊은 한숨으로 말했다.

"돈은 무슨. 일당으로 밀가루 한 바가지 줬어요. 간장 휘휘 풀어서 그걸로 수제비 한 번 해 먹으면 끝이었지."

허리와 고관절이 안 좋으시다고 했다. 부디 건강하시라는 인사를 남기고 돌아섰다. 목공소였다는 집의 외관이 눈에 들어왔다. 아직도 반듯한 함석 미닫이 덧문들에서 3년 전 고인이 되셨다는 남편분의 세심한 손길이 완연히 느껴졌다.

104마을 길은 빠르게 걸을 수 없다. 오래된 길이라서, 좁은 길이라서, 비탈길이라서가 아니다. 보이는 게 많고, 생각할 게 많고, 빠져들 게 많아서 그렇다. 104마을에 들어서면 저절로 그렇게 된다. 언덕이라서 그렇기도 하지만 104마을의 집과 길은 층을 이룬다. 층층이 퇴적된 사연의 지층이고 애환의 화석이다. 사람들이 이곳에 어떻게 왔고 집을 지었는지, 얼마나 숨 가쁘게 오르내리며 이웃과는 어떤 정을 나누고 의지했는지, 숱한 길 위에 새겨진 슬픔과 기쁨 그리고 꿈의 결들을 낱낱이 어루만져야 한 발짝 지날 수 있으므로 걸음이 빨라질 수 없다.

숱한 길이라고 했거니와, 104마을의 길은 정말 많다. 어느 정도냐면, 셀 수 없을 정도다. 그런 데다 같은 얼굴을 한 길은 하나도 없다. 차가 지나갈 길이 있는가 하면 두 사람이 어깨를 비켜 가기에도 불가능한 길도 있다. 한 집 건너면 길이 끝나기도 하고 실제로 소실점까지 이어지는 아득히 먼 길이 있다. 곧은 길도 물론 있지만 간지럽도록 굽은 길도 있다. 자꾸 미끄러지는 길, 계단 사이사이에 돌나물 수북한 길, 온종일 술래잡기를 해도 모자랄 좁은 미로, 담장 밑의 상추와 쑥갓과 부추가 옹기종기 모여 풍욕을 즐기는 길들이 있다. 맨홀뚜껑 즐비한 길이 있는가 하면 전화선 뒤엉킨 길도 있고, 저 멀고도 먼 시골의 좁은 흙길인가 싶게 느닷없이 나타나는 적막한 오딧길, 앵두길, 개복숭앗길이 있다. 마침 계절이 초여름이어서 오디는 검고 앵두는 빨갛고 개복숭아와 살구는 한쪽 뺨이 발그레 익는 중이었다. 실로 많고도 다양해서 나는 그곳을 길의 정원, 혹은 길의 전람회라 부르기를 주저하지 않는다. 인체의 모세혈관을 한 줄로 이으면 지구를 세 바퀴 돈다고 했던가. 104마을의 혈관과도 같은 길들을 하나로 이으면 어디까지 가 닿을지 나로서는 감히 상상할 수조차 없었다.

지팡이를 짚으신 나이 지긋한 할머니 한 분과 중계로2라길에서 마주쳤다.

"어딜 그리 가오?"

"길 구경을 하려고요."

"내가 닦은 길이라오."

헉. 하마터면 비명을 지를 뻔했다. 기적이 하루에 두 번이나 일어나다니. 이번에는 중계로2라길. 길을 직접 일구었다는 사람을 반나절도 안 되어 또 만나다니.

나는 한동안 길 가운데에 우두커니 서 있었다. 그리고 한 번 더 혼자 크게 놀랐다. 그곳에 그 길을 닦은 사람들이 아직도 많이 살고 있다는 사실이 등을 쳤기 때문이었다. 개발사업 시행 인가가 나서 빈집이 많아졌지만 여전히 연탄을 때며 살아가는 본디 사람들이 있는 곳이었다. 내가 그런 기적에 에워 쌓여

있었다는 걸 제대로 몰랐다는 사실에 놀랐고, 104마을 사람들에 대해 그만큼 잘 알지 못했다는 게 부끄러워 숙연해졌다.

그곳은 그런 곳이었다. 오래전, 민들레 홀씨처럼 사연 많은 산자락에 내려 앉아 좁은 땅에 뿌리를 내리고 꿈과 사랑을 키워내던 곳이었다. 벽돌과 기와를

찍어 집을 짓고 손수 길을 내고 아이를 기르고 요꼬를 짜서 생활비를 벌던 54 년의 자취가 뚜렷한 곳. 보이는 것들, 들리는 것들, 만져지는 모든 것들에서 시 간의 흔적이 역력한 곳이었다. 보이지 않더라도 들판에 눕는 풀잎을 보며 우리 가 바람의 존재와 흐름을 알 듯, 104마을에는 세상 어디에도 없는 길들이 있어 그곳의 삶의 시간이 어땠으며 어떻게 흘러갔는지 알 수 있는 것이다. 54년에 걸쳐 마을을 지나간 시간의 궤적이 바로 내가 걷고 있던 길들이었다. 시간과 더불어 집과 집 사이로 흘렀을 마을 사람들의 숨결 자국이 고스란히 골목에 남 았다. 104마을의 집과 집 사이처럼, 어떤 것 사이에 좁고 길게 들어간 곳을 '골' 이라 하여 산골, 실골, 그늘골, 뒷골, 물골, 숯막골, 가슴골 등으로 부르는데 '골 목'이란 말이 여기서 나왔다는 것도 중계로2마길을 오르다가 문득 알게 된 사 실이었다.

한도 끝도 없이 이어지고 나누어지고 다시 이어지는 104마을 길은 좀처럼 막히는 법이 없다. 막다른 길인가 싶다가도 그 길 끝에 뚜벅뚜벅 이르면 거짓 말처럼 새로운 길이 반짝 나타나며 "이 길은 처음이지?"라고 반기는 듯하다. 그렇게 걷다 보면 어느 순간 길 막힐 걱정은 사라지고 만다.

그곳의 길을 걸으면서 자꾸만 시간이라는 말을 떠올리고 시간이 남긴 흔적 들에 유독 절실해졌던 이유가 있다. 개발사업으로 내년이면 그곳의 길이 없어 져 마을 사람들의 54년 삶의 자취들이 사라질 것이기 때문이다. 1967년에서 2021년에 이르는 104마을의 역사와 생활과 문화를 생생하게 기록해온 숱한 길들이 몇 개월 지나면 볼 수 없게 되는 것이다. 아쉽지만 언제까지고 그 길을 잡아 둘 수 없는 사정도 모르지 않는다. 이제 새 길이 생기는 것이니까. 새 길은 새 시간을 담아낼 테니까. 이별의 사정을 알기에 웃는 낮으로 떠나보내면서도 애틋해지는 마음 또한 못내 어쩌지 못하는 것이다.

지금 104마을에 남아 있는 것들은 시멘트 길의 금 간 틈새로 소복하게 피어난 네귀쓴풀, 담장 위의 선연한 장미, 담장 아래의 노란 애기똥풀이다. 수신인 부재의 바랜 우편물을 잔뜩 입에 물고 함께 녹슬어가는 우체통, 길만큼이나 얽히고설킨 전깃줄과 전홧줄, 버려진 스쿠터를 이불처럼 덮고 있는 푸른 도깨비사초풀, 금가고 말라서 김부각처럼 일어나는 푸른 벽의 시멘트, 희끗희끗 부식해가는 철대문의 청동 사자머리 장식들이 빈 길을 지키고 있다.

거기에다 이 마을만의 특징을 길에서 만날 수 있는데, 일테면 누군가의 집 밖 담벽에 붙여놓은 커다란 전철노선표 같은 것이다. 가로 1미터가 넘는 크기의 노선표를 살펴보니 인천 국제공항과 신창(순천향대)역까지 나와 있었다. 비교적 최근까지 누군가 살았던 집이라는 뜻이었다. 붙여놓은 곳이 집 밖

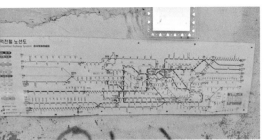

담벽인 것만 봐도 혼자만 보려고 붙여놓은 게 아니라는 걸 알 수 있었다.

전신을 비출 수 있는 커다란 거울이 건물 바깥벽에 심심찮게 걸려 있는 것도 마찬가지 이유 때문이리라. 전철노선표와 거울뿐만 아니라 이 마을의 벽에는 지나는 사람들이 멀리서도 볼 수 있게끔 커다란 액자형 온도계가 걸려 있었다. 그만큼이나 커다란 둥그런 시계도 있었는데 집은 비었지만 시계는 아직도 정확한 시각을 가리키고 있었다. 누가 그것들을 걸어놓았을까. 알 수는 없으나 분명한 점은 자기만을 위해 걸어놓은 것이 아니라는 것이다. 104마을은 그런 곳이었다.

마을 꼭대기 중계교회에 거의 이르렀을 때 나는 높다란 시멘트 '부로꾸' 담벼락 아래로 이어진 좁은 언덕길을 오르고 있었다. 그러다 흙 한 줌 없는 그 담벼락 중간 틈새에 한 그루의 엉겅퀴가 잔뜩 꽃을 피우고 있는 광경을 목격하고 걸음을 멈추었다. 아무리 봐도 정말 흙 한 줌 없는데 어쩌면 저리도 무성한 꽃을 피웠을까. 신기하고 대견하고 조금은 경건해져서 핸드폰을 들어 엉겅퀴 사진을 찍으려는 찰나, 담장 밖으로 내미는 누군가의 얼굴이 화면에 쏙 들어왔다. 그러나 이미 찍히고 말았다.

그 분이 중계로2마길 20번지에 사는 장현숙(나이는 묻지 않았으나 30년 전그 집으로 시집을 왔다고 웃으며 말해주었다)씨인데, 내가 길을 오르는 사연을 말하자 망설임 없이 자신의 집에 초대하여 놀라운 마당을 보여 준 사람이었다.

가까이는 불암산, 멀리는 도봉산과 북한산이 한눈에 들어오는 마당이었다. 언덕 마을이어서 눈앞에 아무것도 가리는 것 없는 탁 트인 전망. 게다가 그녀가 가꾸는, 이름조차 다 헤아릴 수 없이 많은 화초들 때문에 나는 벌어진 입을 오랫동안 다물지 못했다. 꼭대기여서 더 그랬기도 했겠지만 그녀의 화초들 중에는 고산지대 비바람에 절로 분재가 된 듯한 꽃나무들이 적지 않았다. 세계적인 명품 바이올린은 그런 나무로 만들어진다고 했던가. 꽃의 운치도 운치였지만 그녀의 집 마당은 마치 드라마세트장 같은 세심함과 오밀조밀함을 갖추고 있었다. 얼마 안 있어 그 터전을 떠나야 할 테지만 좀처럼 떠날 수 없는 그녀의 마음을 알 것 같았다. 물어보니 그곳은 역시 그녀 남편의 고향집이었으며, 말할 것도 없이 시부모는 104마을 1

세대였던 것이다. 그곳에 집을 짓고 길을 낸 사람들. 숨은 기적들.

"어떡해요. 이제 이 집도 없어질 텐데."

내 질문에 그녀는 저물어 가는 서쪽 하늘만 말없이 바라보았다. 그 사이 미닫이문이 조금 열리고 안에서 비타500을 쥔 여린 손이 살짝 드러났다. 마당에 온 낯선 손님을 위한 대접이었다.

"딸이에요. 두 딸이 다 꿈대로 간호사가 되었어요."

꽃이 가득해서였을까 미닫이문 틈새로 음료를 내미는 손이 꽃과 다르지 않았다. 나는 한동안 내가 어디에 와 있는 걸까 가늠할 수 없었으나 평화의 사자(使者)가 내 머리 위를 지나가고 있는 것만은 분명하다고 느꼈다. 거기서 그치지 않았다.

"이게 마가렛인데요, 드릴게요."

마가렛은 나의 산책 코스인 당현천에도 피어 있는 꽃이었으나 그동안은 흰 것만 보았을 뿐 붉은 꽃은 처음이어서 신기했을뿐더러, 암술 털뭉치를 감싼 선연한 노란 줄 동그라미가 귀해 보였다. 여러해살이 식물이라 갈수록 줄기가 단단해지고 꽃이 예쁘게 퍼질 거라며 아기 기저귀 상표가 그려진 비닐 백에 넣어 주었다.

마가렛의 표준어 표기는 마거리트지만 어쩐지 그녀가 준 붉은 마거리트는 끝까지 마가렛이어야만 할 것 같았다. 그 꽃을 마가렛이라고 부르면 그녀의 평화로운 얼굴과 꽃 같던 딸의 여린 손이 생각날 테니까. 나에게는 〈저녁이 아름다운 집〉이라는 제목의 단편소설이 있다. 그 집을 다녀온 후로 같은 제목의 소설을 또 쓰고 싶어졌다.

붉은 마가렛을 들고 104마을을 내려오면서 머잖아 없어질 길들을 일부러 에둘러 에둘러 걸었다. 저녁이 아름다운 집의 붉은 마가렛으로 기분이 좋아졌

지만, 서운하고 울적해지는 마음 또한 어찌할 수 없었다. 어쩌면 내 첫 서울살이의 집이 떠올랐기 때문인지도 몰랐다. 1972년, 중학교 2학년이었던 나는 고향을 떠나 서울의 끝 구로2동 공영주택 576호와 299호를 옮겨 다니며 살았다. 도시하층민을 위해 정부에서 급히 지은 나란한 집들. 104마을의 벽돌과 기와와 똑같은 집들이었다. 단열과 방음이 전혀 적용되지 않은 연탄아궁이 집. 지붕이며 창문이 낮아 찹쌀떡이나 메밀묵을 창문으로 주고받았던 시절이었다. 까치발을 하지 않아도 낮은 담장 너머로 이웃과 넉넉히 담소를 나눌 수 있었는데, 그러다가 바로 옆집에 우리 반의 정관일이가 살고 있다는 사실을 '부로꾸' 구멍 사이로 발견하고 놀란 적이 있었다.

시간의 자취를 오롯이 품은 길들이 하나 둘 없어지는 것에 대한 서운함을 어찌 감출 수 있을까. 하지만 아주 없어지는 게 아니라 다만 변화하는 것인지도 모른다. 다른 길이 생기고 새 길에는 미래의 시간이 쌓일 테니까. 서운하긴 하지만 새 길이 궁금하기도 하고 기대가 되는 것도 사실이다. 애환을 함께 했던 길들은 사실 우리의 꿈과도 함께 하며 다져지고 벋어나갔다. 미래의 새 길도 마을의 꿈을 닮아 갈 것이다.

윤두수의 별장 마을에는 꽃이 지고

— 중계동 은행사거리에서 학도암까지

하응백[*](글·사진)

추억의 소환

세월이 흐른 뒤에야 광휘(光輝)의 나날이 바로 그때였음을 깨닫는 경우가 있다. 중계동 은행사거리에 살았던 30대에서 40대 초반까지의 세월이 그렇다.

88올림픽이 끝난 후 서울의 부동산 가격은 급등했다. 전세를 살다가 몇 번을 쫓겨나다시피 하고 무려 18번이나 아파트 청약을 거듭한 뒤, 서울살이에서 처음으로 내 집을 마련했다. 1991년 중계동 분양 아파트 채권입찰제 청약에 성공한 것이다. 공사가 진행되는 동안 몇 번이나 중계동 현장에 왔었다. 내 집이, 서울 시내에, 저 불암산 아래 어딘가에 세워지고 있다!

처음에는 도로도 없어, 온통 진흙밭이었다. 공사가 진척되어 여기저기서 아파트 골조가 서기 시작했다. 모레 파동이 일어나 바다 모레로 아파트를 짓는다는 소문이 무성했다. 신축아파트가 와우아파트처럼 무너진다는 소문이 돌기도 했다.

---

* 1991년 서울신문 신춘문예 문학평론으로 등단. 한국문화예술위원회 책임심의위원 역임, 휴먼앤북스 출판사 대표. 소설 『남중(2019)』 외 다수.

1993년 은행사거리에서 불암초등학교 쪽으로 조금 들어간 곳, 그곳에 드디어, 정말 드디어, 내 집이 생겼다. 아파트 베란다에서 보면 불암산의 시원한 이마가 늘 도시를 내려다보고 있어서 좋았다. 희고 시린 그 화강암 바위는 그림도 조형도 없는 '큰 바위 얼굴'이었다.

1990년대 초반 중계동 아파트 단지 입주가 시작되면서 주변 거리는 활기를 띠기 시작했다. 은행사거리는 사거리 모퉁이마다 은행이 있다고 해서 붙여진 이름이다. 당시 조흥은행, 상업은행, 주택은행, 한일은행이 각각 있었다. 2021년에도 신한은행, 우리은행, 국민은행, 기업은행이 들어서 있으니 여전히 은행사거리인 셈이다. 처음에는 이름조차 없다가 주민들이 택시를 타면서, 혹은 누구에게 위치를 설명할 때 '은행이 있는 네거리'를 표현을 사용하면서 5, 6년이 지나자 서서히 거리 명칭으로 '은행사거리'란 이름이 굳어졌다. 자연 발생한 이름이 틀림없다. 중계본동 원암유치원이 있는 마을 쪽에 은행나무 고목이 있다고 해서 은행사거리가 되었다는 이야기는 전혀 근거가 없는 낭설이다.

몇 년 지나 은행사거리 주변으로 학원가가 형성되면서 은행사거리는 '강북의 대치동'이라는 별칭도 얻게 되었다. 은행사거리는 주변에 초등학교와 중학교와 고등학교가 여럿 있고, 학원가가 성업 중이어서 늘 학생들로 붐빈다. 노원구의 교육 1번지라는 별명도 얻게 되었다.

납대울 마을과 윤두수, 그리고 은행나무

집 나가면 바로 산이 있어 좋았다. 주말이면 불암산에 올랐다. 불암초등학교 뒤편으로 해서 개인 사유지를 지나 쭉 올라가면 학도암 능선에 도착한다. 약수터를 지나 제법 가파른 산길을 오르면 불암산 주능선이다. 약수터에서 천천히 혹은 빨리 오르다 보면 헬기장이 나오는 불암산 중봉이다. 불암산 정상으로 가다가 상계역으로 빠져도 되고 수락산이 이어지는 곳까지 가도 된다. 이 코스를 수백 번도 더 올랐다.

노원문화예술회관에서 불암산 쪽으로 길을 건너면 아파트가 아닌 자연마을이 나타나고 삼거리에 편의점이 하나 있다(CU 중계 한아름점, 노원구 중계로 14사길 4). 이 편의점 앞에 그야말로 볼품없는 비석이 하나 서 있다. 비석의 내용은 이렇다.

납대울 마을

나라에 바치는 세곡(稅穀)을 모아 놓았던 곳에 유래하여 납대(納大)울이
라 하였으며 조선 선조 때 영의정 윤두수가 살았던 마을

짧은 한 문장이지만 비문(非文)이고 성의도 없다. 무엇보다 밑도 끝도 없고
근거도 없어 사실 확인도 어렵다. 이 마을에서 전해져 내려오는 이야기가 이렇
게 간단히 정착된 것인지도 모른다. 노원구청 홈페이지의 지명 유래를 봐도 이
이상의 상세한 이야기는 찾아보기 힘들다. 시골이라면 대대로 터를 잡고 사는
사람이 있으련만 아파트 사이에 겨우 남아 있는 자연마을에서 마을 역사의 진
상을 수소문하기는 불가능하다. 이럴 때 이 비문의 진실성, 혹은 사실성을 확
인하는 마지막 방법은 문헌 조사를 통해서다. 윤두수가 선조 때 영의정을 지냈
다면, 이 마을에 살았다는 기록이 있을지도 모른다.

윤두수(尹斗壽:1533~1601)는 1555년에 생원시 1등, 1558년 식년 문과에 2
등으로 급제한 수제였다. 이조정랑, 대사간, 평안감사 등 조정의 주요 관직을
거쳤다. 1592년 임란이 일어나자 아들과 함께 선조의 몽진을 수행했다. 임란
중 어영대장, 우의정, 좌의정을 역임했다. 1597년 정유재란 때에는 영의정 류
성룡과 함께 난국을 수습하였다. 전쟁이 끝나고 난 뒤 영의정에 올랐으나, 대
간의 계속되는 탄핵으로 사직하고 물러났다. 호는 오음(梧陰)이며, 남긴 책으
로는 아들 윤방(尹昉:1563~1640)이 1635년 편찬한 『오음유고』가 있다.

윤두수의 장남인 윤방도 훗날 영의정에 오른다. 조선조에서 2대에 걸쳐 영
의정이 된 경우는 아주 드물다. 윤두수의 경우 서인이었던 관계로 그에 대한 역
사적 평가는 다를 수 있지만, 윤방의 둘째 아들 윤신지가 선조의 딸 정혜옹주
의 배필이었음을 보아도 당시 윤두수 가문의 명성을 알 수 있다. 윤방과 선조는

사돈지간이었다. 대개 이 정도의 위세를 가진 가문이 이 마을에 살았다면 그럴 듯한 집 한 채, 정자 한 칸 정도는 있게 마련이다. 하지만 중계동 부근에 그러한 흔적은 전혀 없다. 그러니 헛소문이 전해 내려오는 것은 아닐까? 반신반의하면서 혹시나 하고 『오음유고』를 뒤지기 시작했다. 옛 사대부들의 기록은 거의 틀림이 없다. 더군다나 이 정도의 관직을 지냈던 사람이라면 더욱 그렇다.

『오음유고』는 3권으로 구성되어 있다. 1, 2권은 오음이 쓴 시, 3권은 서(序), 발(跋), 기(記), 문(文) 등이 모여 있다. 큰 기대없이 살펴보다가 2권에서 의미심장한 시 두 편을 발견했다.

기해년(1599, 선조32) 5월에 노동(蘆洞)의 작은 별장으로 갔다가 취하여, 우는 냇물 소리를 들으며 우연히 제하다(己亥五月 往蘆洞小莊 醉聞鳴磵聲 偶題)

동쪽 시냇물이 서쪽 시내에서 오니
나막신 신고 새 이끼를 밟을 필요 없네
석 잔 술에 취하여 시냇가에 누웠노라니
감은 눈 귓가의 우렛소리에 자주 놀라네
東磵水從西磵來 不勞蠟屐破新苔 三杯一醉溪邊臥 合眼頻驚耳側雷

7월에 노동의 별장에 갔다가 돌아오는 길에 비를 만나 우연히 짓다(七月 往蘆莊 歸路遇雨 偶作)

검은 사모에 흰 갈옷은 교외 행차에 걸맞은데
다시 옅은 구름 보니 나의 시정을 일으키네

해 지고 돌아오며 도로에서 시름하나니

하늘 가득한 비바람이 신경을 어둡게 하네

烏紗白葛稱郊行 更看輕陰起我情 日暮歸來愁道路 滿天風雨暗神京

'노동(蘆洞)'이라는 단어에 눈이 번쩍 뜨였다. 노동이라면 바로 노원구를 말하는 것일 수 있기 때문이다. 현재의 노원구(蘆原區)는 조선시대 '노원역(蘆原驛)', '노원면(蘆原面)'에서 나온 말이다. 중랑천 혹은 당현천을 따라 대규모 갈대밭이 형성되어 있었을 가능성이 있다.

이 시 두 편은 1599년 지은 것이니 이때 오음 윤두수는 여러 기록으로 보아 분명 서울에 살고 있었다.[1] 그러니 '노동'은 노원구의 어느 동네를 말하는 것일 수 있다. 또 '교행(郊行)'이라는 단어를 보면 서울 도성의 교외를 가리킨다. 또 "동쪽 시냇물이 서쪽 시내에서 오니(東磵水從西磵來)"는 중랑천과 당현천을 표현하는 것일 수 있다.

이런 여러 정황으로 보아 이 시 두 편에 나오는 노동과 노장(蘆莊:노동의 별장)은 노원구의 어느 마을일 가능성은 상당하다. 하지만 이것이 결정적인 증거는 아니다. 서울 주변에 갈대가 많은 곳이 노원구만이 아닐 수도 있기 때문이다.

좀더 결정적인 증거는 없을까? 더 확실한 증거는 없을까? 그러다가 2권에서 아래와 같은 시를 발견했다.

---

[1] 기해년(1599)에 여러 겸직을 갖춘 영의정, 세자사(世子師)에 임명되었는데, 논자들이 들고 일어나기를 또 심하게 하였으나, 상이 끝내 윤허하지 않고, 심지어는 "노성하고 재능이 있으니, 수상(首相)에 적합하기로는 이만한 사람이 없다."라고 하였다. 공이 결국에는 힘을 다해 사양하여 체직되었으나, 훈작(勳爵)은 그대로 있어 대사(大事)에 참여할 수 있었다. 이때부터 더욱 세사(世事)에 뜻이 없었다. 언젠가 이르기를, "나는 대신으로서 나이가 70에 가깝고, 여러 아들들도 모두 조정에서 벼슬을 하고 있으니, 받은 복이 극에 달하였다. 이치상 더는 오래 가기가 어려우니, 떠나가지 않고 어찌하랴." 하였는데, 남파(南坡)에 작은 집이 완성되자 그곳에서 생을 마치려는 계획이 있었다.(최립(崔岦)이 찬(撰)한「윤두수 신도비명병서」)

경자년(1600, 선조33) 2월에 노동(蘆洞)의 별장을 방문하고 짓다(庚子二月 往

訪蘆莊有作)

1.

동부에는 구불구불한 길 하나 희미하고

길게 늘어진 칡덩굴은 치의를 걸어 놓은 듯하네

산꽃이 마치 산인의 술을 권하는 듯하니

종일토록 앞 내에서 돌아가길 잊었네

洞府盤回一逕微 薜蘿長擬掛絺衣 山花似勸山人酒 盡日前溪却忘歸

2.

성 동쪽 십 리 밖은 세상의 번잡 적지만

필마에 아직도 단후의를 걸쳤네

흰 돌 깔린 맑은 내에서 이런 말을 듣나니

산꽃이 지기 전에 돌아와야 할 거라나

東城十里世紛微 匹馬猶兼短後衣 白石淸川聞此語 山花未落我當歸

(이상 한시 번역은 한국고전번역원 권경열)

성 동쪽 십 리 밖(東城十里)은 '노동'의 위치에 대한 결정적인 단서다. 실질

적으로 동대문에서 노원구까지는 이십 오 리 정도 되지만, 이 정도 거리를 시로

표현할 때는 대개 십 리로 했다. 그래야 시적이다. 여기서 십 리란 '멀지도 가깝

지도 않은 거리'란 뜻이다.

아무리 별장이래도 산중이거나 들판 한가운데 있는 경우는 드물다. 별장도

사람 사는 마을에 들어선다. 납대울 마을에는 수령 400년으로 추정되는 은행나무가 있다. 이 은행나무 주변으로 또 300년 정도 되는 은행나무가 있고, 또 수령을 짐작하기 어려운-약 400년 정도 이상으로 보이는-느티나무도 빌라 사이에 서 있다. 은행나무와 느티나무는 사람이 살았다는 표식이다. 이 보호수는 최소한 약 400년 전에 여기에 마을이 형성되어 있었다는 증거라 할 수 있다.

이런 몇 가지를 모아서 추론해 보면 납대울 비석에서 윤두수가 살았다는 말은 가공의 이야기가 아니다. 다만 살았다기보다는 '윤두수의 별장이 있었던 마을'이 더 정확한 표현이다. 구전, 400년 된 은행나무, 『오음유고』의 시 세 편, 이 세 가지 증거로 보아 노원구 중계동에 윤두수의 별장이 있었던 것은 확실하다.

노원구 중계본동 일대에 윤두수의 별장이 있었다는 역사적 사실보다 더 중요한 것은 세 편 윤두수 시의 수준이다.

「노동(蘆洞)의 별장을 방문하고 짓다(往訪蘆莊有作)」는 매우 빼어난 시다. 음력 2월 이른 봄이라 단후의(짧은 외투)를 걸쳐야 했다. 이른 봄 불암산 산꽃의 정취와 맑은 시냇물을 윤두수는 절묘하게 표현했다. 봄꽃이 지기 전에 다시 보러 오겠다는 말을 둘러서 멋을 냈다. 이 시는 윤두수가 67세에 지었다. 간결하면서도 완숙미가 돋보인다. 그다음 해인 1601년 오음 윤두수는 68세를 일기로 유명을 달리했다.

불암산 학도암

납대울 마을 표지석에서 길을 따라 올라가면 각각 수령 400년과 300년이 된 은행나무가 위용을 자랑한다.

여기서 원암유치원 쪽으로 올라가다 보면, 우측 빌라 건물 사이에 느티나무 한 그루가 있다. 사람 가슴 높이 나무 둘레가 약 5m가 되니 수령이 족히 400년

은 되어 보인다. 많은 터를 사람에게 내어주고 힘겹게 숨을 쉬고 있는 듯 보인다. 사실 땅의 주인은 느티나무인지도 모르는데 말이다.

유치원 뒷길로 올라가면 불암산 학도암으로 가는 길이 나온다. 천천히 걸어도 약 30분이면 학도암에 이르는 능선길이다. 쉬엄쉬엄 가다 보면 학도암이다.

학도암은 여러 번의 불사(佛事)로 정비가 잘 되었다. 암자라기보다는 이제 번듯한 절이다. 학도암은 무엇보다 절 뒤편 마애관음보살좌상이 명물이다. 1870년 명성황후가 후원하여 조성하였다 한다. 안내판의 설명은 서울시 유형문화재 제124로, "명성왕후는 궁녀의 권유로 경복궁 중건에 동원된 화원, 석공을 참여시켜 기운이 가장 좋은 불암산 학도암에 불상을 조성하였다고 한다. 이후 고종의 사랑을 얻어 낳은 왕자가 조선의 마지막 왕, 순종이라고 전해지다"로 되어 있다. 믿어도 좋고 안 믿어도 좋다.

학도암 마당에 서면 바람이 불어 좋다. 멀리 서울 동부 시가지의 모습이 들어온다. 마당에는 탐방객들의 편의를 위해 설치한 간이 카페가 있다. 커피를 한 모금 하면서 땀을 식힌다.

1993년 무렵 여기를 처음 올랐다. 30여 년이 금방 지나갔다. 오음의 시를 생각하면 30년은 가소롭다.

산꽃이 지기 전에 한 번 더 올 수 있을까?

과거와 현재의 가치가 겹친 길, 한글비석로

류승민[*]

노원의 큰길들과 한글비석로

2021년 현재, 노원구를 거치고, '아무개로'라는 이름표를 단 큰길 중에 남북 세로방향으로 이어진 도로는 모두 아홉 개, 동서를 가로지르는 도로는 여섯 개가 있다. 세로로 긴 형태인 우리 구에 세로로 난 길이 가로지르는 길보다 많은 이유를 짐작해 보면, 동쪽에 수락산과 불암산이 있기 때문인 듯하다. 두 산 사이에 있는 덕릉고개를 넘어가는 길이 있고, 현재 중랑구와 경계가 되는 화랑로가 경기도 남양주까지 사람과 짐이 오가는 데 필요한 역할을 했던 것으로 보인다. 발걸음이 재고, 몸이 가벼운 이들이 누비던 길들은 지금의 등산로들을 정비하는 데 도움을 주었겠지만 도로는 될 수 없었다. 따라서 우리 구의 길들은 수락산과 불암산 서쪽에 형성된, 남북으로 긴 들판을 따라 낼 수밖에 없었을 듯하다.

노원의 세로를 따라 난 길들은 경기 북부로 이어지는 큰길인 동일로를 주축으로 좌우로 나 있는데 중랑천 서쪽은 성북구와 강북구에 인접하여 우리 구에

• 문화재청 인천공항 문화재감정위원. 한국전통문화대학교 강사. 논문 「조선후기 전서풍 연구」, 「단원 김홍도의 개인성」 등.

소속된 길이라고 하기에 비중이 낮다. 석계로, 우이천로, 초안산로, 마들로가 그렇다. 그러나 중랑천을 건너오면 노원구의 특성을 볼 수 있는 길들이 여럿인데, 동일로가 가장 왼쪽에 있고, 그 오른쪽으로 공릉로, 노원로, 중계로, 한글비석로가 있다.

이 길들 중에 한글비석로는 월계 1교에서 시작하여 하계역 사거리, 대진고등학교 사거리, 은행사거리, 상계역, 보람아파트 사거리, 마들역을 지나 노원성당까지 이어진 큰길이다. 이 길을 하늘에서 보면 중랑천에서 시작하여 다시 중랑천을 만나며 끝나는, 반달모양을 그리고 있음을 볼 수 있다. 전체 길이는 약 5.5km이라 막힘없이 걷는다면 75분 정도 걸릴 거리지만, 신호를 기다려야 하는 횡단보도를 거치다 보면 두 시간 정도가 필요하다.

노원로는 공릉동 효성아파트 앞에서 출발하여 대진고등학교 사거리에서 한글비석로와 교차한 뒤에 북쪽으로 이어져 온수사거리를 지나 노원고등학교 앞 상계교에서 끝나는 길이다. 공릉로와 중계로는 앞에서 언급한 두 길이 미치지 않는 구역을 연결한 길이므로 상대적으로 한글비석로나 노원로에 비해 짧다.

한글비석로와 노원로는 길이는 비슷하지만 두 길의 성격은 다르다. 그 차이는 공릉터널에서 나타나는데, 노원로는 자동차 통행이 우선인, 간선도로의 역할이 더 큰 반면, 한글비석로는 녹지와 주택지역을 끼거나 관통하는 길이기 때문이다. 두 길의 성격이 달라지는 지점이 있는데 바로, 두 길이 교차하는 대진고등학교 사거다. 이 사거리에서 노원역 방향으로 뻗은 노원로를 두고, 은행사거리 방향을 선택하여 걸으면 비로소 '한글비석로의 진면목'을 만날 수 있다.

과거 사람의 가치를 보여주는 유적들

한글비석로에는 우리 구의 주민이라면 자랑할 만한 유적 두 개가 있다. 하나는 '한글비석로'라는 이름의 기원인 '이윤탁 한글영비(한글靈碑)'이고, 나머지 하나는 '벽진(碧珍) 이씨 충숙공 묘역'이다. 그런데, 이들은 도보로 5분 이내 거리에 있다.

기억의 방법들: 벽진이씨충숙공묘역

대진고등학교 사거리에서 출발하면 먼저 만나게 되는 유적이 '벽진이씨 충숙공 묘역'이다. 사거리에서 200m 정도 떨어져 있기 때문이다. 조선시대 무덤 열 기를 모아 놓은 이 묘역은, 17세기 충신으로 이름을 남긴 이상길(李尙吉, 1556~1637)을 비롯한 이들 일가의 무덤들로 이루어져 있다. 이상길의 본관이 '벽진(碧珍)'이고, 그가 조정으로부터 받은 시호가 '충숙(忠肅)'이기 때문에 이 묘역을 '벽진이씨충숙공묘역'이라고 부른다.

이상길을 기리는 신도비(神道碑)를 포함하여 이 묘역은 1988년에 서울특별시 유형문화재 제70호로 지정되었고, 현재는 벽진이씨 충숙공파의 종회에서 관리하고 있다. 그러므로 묘역 안으로 들어가서 석물들을 구경하려면 관리기관의 허가를 받아야 하지만 울타리가 낮고, 탁 트여 있기 때문에 묘역을 구경하기에는 문제가 없다.

이 묘역의 중심 인물은 이상길이다. 그는 1636년에 병자호란(丙子胡亂)이 일어나자 조상들의 위패를 강화도로 모셔갔다가, 해가 바뀌고 남한산성에서 농성하던 국왕이 송파 삼전도로 내려와 청(淸)에 항복했다는 소식을 듣고, 아들에게 뒷일을 부탁한 뒤에 스스로 목숨을 끊었다. 호란이 종식된 뒤, 1642년

에 강화도 충렬사라는 사당에 그의 위패를 모시면서 시호로 '충숙'을 받았다. 1661년에는 아들이 청원하여 신도비를 세울 수 있었다.

　이상길신도비에 쓰인 찬양의 글은 당시 서인의 리더였던 송시열(宋時烈, 1607~1689)이 지었고, 글씨는 송준길(宋浚吉, 1606~1672)이 썼으며, 비의 제목 글씨는 김수항(金壽恒, 1629~1689)이 썼다. 17세기 후반에 세운 사대부들의 신도비나 묘비 가운데 이들 세 사람의 이 경우처럼 역할을 분담한 경우가

많은데, 이들이 그 당시 문화계에서 강한 영향력을 행사했던 인물임을 이로써 알 수 있다. 그런데 김수항의 경우는 나머지 두 사람보다 더 특별한데, 그의 조상인 김상용(金尙容, 1561~1637)도 병자호란 때 강화도에서 자결한 충신으로 이름을 남겼기 때문이다.

이 신도비는 울타리 바깥에서도 구경할 수 있지만, 가능하면 스마트폰의 줌 기능을 활용하거나 작은 망원경을 이용하면 더욱 재미있고 남다른 것을 볼 수

있다. 이 비의 제목글씨(이를 '두전'이라고 한다.)를 자세히 보면 정면에 아홉 글자가 보인다. '충신증의정부좌의정(忠臣贈議政府左議政)'인데, 그 가운데 '증(贈)' 자만 다른 글자보다 위로 솟아 있는 것이 보일 것이다. 왜 한 글자만 높게 쓰고 새겼을까?

'증'은 이미 세상을 떠난 사람에게 관직을 더해 줄 때 쓰는 용어인데, 신하에게 관작을 더해줄 수 있는 결재권자는 임금이므로, 그를 높이기 위해 '증'을 조금 올려 쓴 것이다. 이런 방식은 책을 편집할 때에도 쓰며, 용어로 '대두(擡頭)'라고 한다. 대두법은 흔하지만 비석의 제목에서 사용하는 예는 흔하지 않다. 목판 인쇄본이나 필사본에서 임금이나 스승, 부모처럼 높여야 할 대상이 나오면 행을 바꾸거나, 그 글자를 다른 글자들보다 높이지만, 신도비의 두전에서 대두법을 쓴 예는 매우 희귀하다. 대두법을 적용한 '증' 자를 보면 이 신도비를 만들어 세울 때, 조정에서는 그를 매우 높이고자 했고, 그 의도를 '증' 자라는 한 글자에도 반영했음을 짐작할 수 있다. 누구든 함께 간 일행에게 이를 설명할 수 있으면, 그날의 답사에서 주인공 역할을 톡톡히 한 셈이 되고, 일행의 선망은 덤이 될 것이다.

이 묘역 뒤로 이어지는 작은 길을 걸어 올라가면 하계동의 평원과 중랑천 너머 월계동과 강북구 쪽으로 멀어져가는 직선의 도로와 그를 내려다보는 삼각산까지 한눈에 들어오므로, 시간을 할애하여 올라가 경관을 감상하는 편이 좋다. 왕복 거리는 약 700m 남짓이니 시간도 얼마 걸리지 않지만, 숲이 짙어 시원함이 깊은 길임도 그냥 지나치기에 아깝다.

이 묘역 아래 벽진이씨 종중이 사용하는 건물들이 있는데, 이 가운데 하나는 이상길의 초상을 모신 '충영각'이다. 그의 초상도 서울특별시 유형문화재 제69호로 지정되어 있고, 벽진이씨 종중에서 제례 등의 의식을 올릴 때 내걸기 때문에 평소에는 볼 수 없지만, 인터넷에 이미지가 공개되어 있으므로 형태를 보는 데 어려움은 없다. 다만, 그의 초상은 생전에 제작했으며, 제작에 참여한 화가가 김명국이었고, 한번에 두 벌을 만들었다는 사실은 알고 있으면 좋을 듯 하다. 생전에 제작했으므로 강화도에서 자결한 사실과는 무관하므로, 그가 순

국한 사실과 억지로 연결시켜서는 안 된다. 또, 한번에 두 벌을 만들었던 초상화 중에 한 벌은 서울시 문화재로 지정됐고, 나머지 한 벌은 국립전주박물관에 있으며 국가문화재 보물792호로 지정되어 있음도 기억할 만하다. 그리고 화가 김명국은 우리가 잘 아는 〈달마도〉를 그린 그 화가다. 그가 〈달마도〉처럼 호방한 그림만 그린 화가가 아님도 생각할 만한 점이다.

한글비석로에서 처음 만나는 유적, 벽진이씨충숙공묘역은 옛날 왕조시대에 충신을 기억하는 여러 방법을 보여준다. 잘 정비된 묘역, 정성스럽게 들어 세운 신도비, 초상을 모시고 기리는 건물들은 오래된 유물일 뿐만 아니라 과거 사람의 선택과 실천에 동시대와 후대 사람들의 반응을 볼 수 있는 근거들이기도 하다. 한번 들러 이들을 직접 보면 어느새 과거 사람과 대화하는 자신을 발견할 지도 모른다.

만대 후손에게 간절히 부탁하는 정성에서 읽는 가치: 이윤탁한글영비

벽진이씨충숙공묘역에서 은행사거리 방향으로 550m를 걸으면 오른쪽으로 새로 낸 계단이 보이는데, 그 계단을 오르면 '이윤탁한글영비'를 만나게 된다. 이 비를 2007년 이전까지는 '한글고비(古碑)'로 부르다가, 2007년에 대한민국 보물 1524호로 지정하면서 문화재청 문화재위원회에서 '이윤탁한글영비'라는 명칭으로 부르기로 의결함으로써 현재 이름이 정식명칭이 됐다.

과거에 '한글고비'로 불린 이유는, 누가 보기에도 '오래된 비석에 한글이 새겨져 있었기 때문'인데, 1959년 경에 학계에 이 비의 존재가 알려질 때부터 이 이름을 사용하여 2007년까지 지속됐던 것이다. 그러나 '한글고비'라는 이름은 너무 모호하고, 무덤 주인의 이름인 '이윤탁'도 선명하게 남아 있기 때문에

2007년의 문화재 지정회의에서 명칭을 확정하면서 그의 이름을 넣기로 했다. 그리고 '영비'라는 단어는 무덤 주인의 성명 위에 별도로 명기(明記)한 바로서, 흔치 않은 사례이기 때문에 명칭을 확정할 때 포함한 것으로 보인다.

이 비는 1536년에 이문건(李文楗, 1494~1567)이 부모를 합장하고 세운 묘비다. 그의 아버지는 이윤탁(李允濯, 1462~1501), 어머니는 조선 세조 때 한성

부 판윤을 지낸 신회(申澮)의 딸이었다. 그녀는 서른아홉에 남편과 사별하고 오남매를 양육하며 지내다 1535년 1월 5일에 세상을 떠났다. 이문건은 1536년까지 모친의 무덤 곁에서 만 2년 동안 여막(廬幕)살이를 하였는데, 그의 일기에 그 장소를 '양주군 노원 율이참(栗伊岾)'으로 기재했으므로, 현재 한글영비가 있는 곳을 16세기에는 '율이참'이라고 불렀음도 알 수 있다.

여막에서 시묘하던 시점에 이문건의 형제로는 누이 하나만 생존해 있던 터라, 그들의 모친의 상장례(喪葬禮)는 모두 이문건이 주도해야 했다. 당시에 이문건은 상례(喪禮)에 마음을 다 했고, 주위에서도 그의 효행을 돕는 데 힘을 아끼지 않았다. 그런데 그 무렵, 양주 영동(塋洞)에 있던 부친 이윤탁의 무덤이 왕실의 무덤을 위한 지역에 편입되었기 때문에 이를 이장해야 했고, 마침 모친 신씨의 상례가 끝나는 시기와 겹쳐 신씨의 무덤에 이윤탁을 합장하게 되었다.

이문건이 이 무렵에 쓴 일기에는 그의 이장 작업에 도움을 준, 양주, 김포, 용인, 광주, 수원, 포천, 양근, 이천과 같은 인근 고을과 멀리 부평, 인천, 통진 등의 지명이 나온다. 이는 이들 고을 수령들이 이문건의 이장에 부조한 사실을 증명하는 기록이다. 이를 통해, 조선시대에도 인생의 주요 의례에 주위의 부조를 받았고, 특히 부모의 상장례처럼 많은 재물이 필요한 경우에는 인맥이 닿는 한 도움을 주고 받았음을 알 수 있다.

이윤탁 한글영비에 남아 있는 한글 글자들은 비석의 네 면 가운데 서쪽 면에 남아 있다. 그 내용은 널리 알려져 있듯이 '무덤을 훼손하지 말라'는 경고문이다.

"(이 비는) 신령한 비라, 훼손한 사람은 재화(災禍)를 입으리라.

이는(를) 글을 모르는 사람에게 알리노라.“

비석의 동쪽 면에는 한자들이 새겨져 있는데 한글로 새긴 내용과 요지는 같지만 표현은 다르다.

“부모를 위하여 이 비를 세웠으니, 부모가 없는 이 누구라도 이를 훼손할 이유가 있겠는가? 이 비석을 차마 범하지 못하거든 무덤도 차마 함부로

58

하지 못할 것이 틀림없다. 일만 세대가 내려가더라도 그런 일이 없으리라 알겠다!"

　두 개의 글을 비교하면 내용은 유사하나 한글이 짧고 한자로 쓴 것은 그것에 비해 길다. 그리고 한글의 내용은 '신령함[靈]'을 강조했고, 한자로 쓴 내용은 보는 이에게 보편적 도덕성에 '호소'한다. 그래서 한글 경고문은 '령비(靈碑)', 한자로 쓴 호소문에는 '불인비(不忍碑)'라는 표제를 달았다. 이문건은 한자를 아는 이, 한글만 아는 이 모두에게 부모의 무덤을 훼손하지 않도록 부탁하는 메시지를 남겼고, 그의 경고와 부탁이 그 역할을 잘 수행한 덕분인지 이윤탁과 부인 신씨를 합장한 무덤은 오늘날까지 잘 남아있을 수 있었는지도 모른다.

과거에서 현재로 돌아와 걷는 길: 은행사거리에서 당현천까지

　이윤탁한글영비에서 계속 직진하면 은행사거리를 만난다. 지금도 명성이 그대로인지 모르지만 한때, 강북의 대치동, 한강 이북 사교육의 메카로 불렸던 곳이다. 1995년 무렵까지도 이 사거리 주변은 개발 공사가 한창이었고 지금의 아파트들 중에 주공아파트를 제외하면 그로부터 1, 2년 사이에 지어진 것들이 많다. 벽진이씨충숙공묘역, 이윤탁한글영비를 거쳐 여기까지 오면 쉬어야 할 텐데, 은행사거리 안쪽에는 오래 동안 자리를 지키며 영업해 온 카페들도 있으니, 여기 쯤에서는 스마트폰에서 검색해 볼 필요가 있다.

　은행사거리에서 기력을 보충했다면, 다시 길을 나서서 상계역 방면으로 한글비석로를 따라 걷다 삿갓봉근린공원을 마주보고 우회전하여 재현중학교 쪽으로 걸음을 돌릴 만하다. 상계제일중학교 앞으로 난 오르막길을 오르다 재현중학교에 못 미쳐 왼쪽으로 작은 통로가 열려 있는 것을 발견할 수 있다. 그 문으로 들어서면 불암산 등산로 기점을 만나게 되는데, 왼쪽으로 비탈길을 내려오면 상계역이 나오고, 여기서부터는 당현천을 따라 걸을 수 있다.

수락산과 불암산 물이 모여 중랑천까지 이어지는 당현천은 상계역 아래에서 한글비석로와 교차하여 서남쪽으로 흐른다. 중랑천의 지류지만 수량이 적지 않고, 개울 양쪽을 잘 정비해 두었기 때문에 기분 좋게 걷기에 안성맞춤이다. 수량이 많은 여름에는 중간에 발을 개울물에 담가도 좋고, 너른 돌 위에서 일행과 이야기하기에도 좋다.

당현천을 따라 걷는 길을 언제 빠져나오느냐를 결정하는 데는 시각이 중요할 수 있다. 대진고등학교 사거리에서 오후 1시 경에 출발하여 은행사거리에서 커피 한 잔을 들며 쉬고, 당현천에 들어서서 한번 쉰다면, 상계중학교와 성원아파트 사이를 연결하는 당현3교에 닿았을 시각은 대략 오후 네 시쯤일 테다. 여기에서 남쪽으로 길을 잡아 계속 걸으면 처음 출발했던 대진고등학교 사거리로 돌아오게 된다.

여기까지 혼자 왔든, 일행이 있든 가까이에 시원한 맥주와 치킨, 소시지 등을 즐길 만한 가게가 있고, 다시 한글비석로를 따라 하계역 방향으로 내려가다 노원소방서 근처로 들어가거나, 아예 그 반대방향으로 하계동성당 주위에도 맛있는 맛집들이 있으니, 여기까지 스마트폰 전력을 아껴두어야 한다. 맛집을 찾아야 하는데 배터리가 방전되어 검색을 할 수 없다면, 그보다 큰 낭패가 없기 때문이니 말이다.

걷고 싶은 길

우리 노원구에는 좋은 산이 두 개나 있기 때문에 등산로는 수도 없이 많다. 한편, 크고 작은 도로도 발달하여 교통체증과 거리가 멀다. 그 속에 걷고 싶은 길을 발견하는 인연은 특별하며, 그 길을 걷는다는 것은 행복한 실천이다. 어떤 길을 걸어야 특별한 행복을 즐길 수 있을까? 사람이 있고, 맛이 있고, 좋은 장면들이 이어지는 길이면 좋을 텐데, 여기에 과거를 볼 수 있다면 금상첨화가 아닐까? 여기에 한글비석로는 어느 하나 빠질 것이 없는 길이라고 할 만하다. 전체를 한꺼번에 걷기란 마음을 내기에 어려울 수도 있지만, 이번에 소개한 길처럼 한나절 소풍삼아 걸을 수 있는 길이 있음을 안다면 가벼운 마음으로 나설 수 있지 않을까?

천상병, 수락산에서 살다

김응교•

수락산역 3번 출구에서

천상병 시인을 잘못 알고 있었다. 내가 잘못 알고 있는 사실은 너무 많은데 그 중에 한 분이 천상병 시인이다. 이십 대 초반에 처음 천상병이라는 이름을 어느 시 선생에게 들었다. 그 선생은 천상병을 그저 막걸리 마시려고 문우들 찾아다니면서 오백 원 천 원 달라고 조르는 시인으로 교실에서 말했다. 천상병이 어떤 고생을 했는지 그 시 선생은 전혀 말하지 않았다. 내가 더 공부하지 않은 것이 더 문제다.

무엇보다도 '천상병=기인(奇人)'이라는 말은 폐기되어야 한다. 그는 매일 새벽 5시에 일어나 규칙적으로 수락산 계곡에 몸을 담그었던 사람이다. 라디오 교양방송을 즐겨 들었으며, 최저재산제를 주장하고, 그러면서 자연과 하나님을 잊지 말아야 할 것을 반복하여 노래했다. 자연과 평등은 인간 사회를 잊고 욕망에 쩔어 있는 우리 자신이야말로 기인이 아닌가. 기인이 아니, 우리 곁에 있었던 천상병 시인을 만나러 이제 지하철 7호선 수락산역 3번 출구에서 만나자.

• 1987년 「분단시대」 시 발표, 1990년 월간 〈한길문학〉 신인상. 숙명여대 기초교양학부 교수. 시집 『부러진 나무에 귀를 대면』, 평론집 『처럼-시로 만나는 윤동주』, 영화 에세이 『시네마 에피파니』 등.

그가 살던 집과 천상병 숲길

결혼한 후 1979년에 시집 『주막에서』(민음사), 『천상병은 천상 시인이다』(오상사)를 낸다. 천상병이 언제부터 수락산 상계동으로 와서 살았는지 정확한 날짜는 약력이 나오지 않지만, 1972년부터 1979년에 낸 시집에 수락산 이야기가 많이 나오는 것을 볼 때, 1970년대 초반기에 수락산 상계동에서 살기 시작한 것이 확실해 보인다.

당시 그가 살았던 장모님 댁은 현재 연립주택으로 노원롯데 시네마 빌딩 뒤편에 있다. 롯데리아 건물을 끼고 우회전 후 직진하면 극동아파트 103동이 보인다. 그 앞에 모퉁이에 '경서레디빌 B동'이 천상병 시인이 살던 초가집이 있던 자리다. 1층은 주차장이 있는 깨끗한 건물로 현재 주소지는 '서울시 노원구 동일로 242나길 27'이다. 이 집에서 1982년부터 1990년까지 7년 동안 살며 산

문집 『괜찮다 괜찮다 다 괜찮다』 등 여러 권을 냈다는 주장도 있고, 1980년 의정부시 장암동 379번지(이후에 384번지로 변경)로 이사했다는 주장도 있다. 상세하게 더 조사해봐야 하겠지만, 이 집을 거쳐 마지막 장소가 의정부 장암동이었다는 사실은 확실하다. 이 자리에 현재 아무 표식도 없는데 작은 현판이나 표지석이라도 놓으면 좋지 않을까.

이 집터에서 시인은 아침마다 수락산을 찾아가 산책한 것으로 보인다. 수락산을 소재로 해서 쓴 시 중에 대표시는 「계곡흐름」이다.

나는 수락산 아래서 사는데,
여름이 되면
새벽 5시에 깨어서
산 계곡으로 올라가
날마다 목욕을 한다.
아침마다 만나는 얼굴들의
제법 다정한 이야기들.

큰 바위 중간 바위 작은 바위.
그런 바위들이 즐비하고
나무도 우거지고
졸졸졸 졸졸졸
윗바위에서 떨어지는 물소리.

더러는 무르팍까지

잠기는 물길도 있어서……
(내가 가는 곳은 그런 곳)
목욕하고 있다 보면
계곡 흐름의 그윽한 정취여……

— 천상병, 「계곡 흐름」

이 시는 수락산에 계곡에 가봐야 실제 시의 배경을 느낄 수 있다. 수락산 계곡에는 성인 몸을 충분히 누일만한 계곡물이 넉넉히 흐른다. "나는 수락산 아래서 사는데,/여름이 되면/새벽 5시에 깨어서/산 계곡으로 올라가/날마다 목욕을 한다."는 생활 습관은 이 시뿐만 아니라, 다른 시와 산문에서도 나온다.

"하늘은 천국의 메시지/구름은 번역사/내일은 비다/수락산은, 불쾌하게 돌아앉았다/등산객은 일요일의 군중/수목은 지상의 평화/초가는 농장의 상징/서울 중심가는 약 한 시간/여기는 그저 태평천하다/나는 낮잠자기에 일심이다/꿈에서 멧세지를 번역하고/용이 한 마리, 나비가 된다."

(「수락산하변」 전문)

수락산 바위, 언덕, 시냇물 모든 곳이 그의 공부방이었고, 서재였다. 수락산 국립공원길에 들어서면 곧바로 '천상병 산길'이 이어진다. 계곡을 따라 산길을 오르면 천상병 시를 그려 놓은 수십 개의 나무판이 기다린다. 짧은 시를 읽으면서 쉬엄쉬엄 오르면 그 자체가 근사한 삼림욕이다. 이 길을 만든 (사)천상병 시인기념사업회에 감사하고 싶다.

이 길을 걸으며 천상병 시인의 규칙적인 생활을 누렸다. 그는 규칙적으로

'오늘'을 기록했다. 늘 날짜와 날씨를 자주 썼다.

> 그래도 말입니다. / 이 시 쓰는 시간은 / 89년 5월 4일 / 오후 다섯시 무렵
> 이지만요-. (천상병, 「내가 좋아하는 여자」 부분)

> 이 시를 쓰는 지금은 / 92년 5월 10일입니다. / 방문을 열어놓고 / 뜰을 보
> 니 / 초롱꽃이 활짝 피어 있습니다.(천상병, 「초롱꽃」 부분)

특히 천상병의 시에는 '오늘'이 많다. 이 순간을 중요시여기는 태도는 예수
의 영원한 삶(누가복음10장)과 비교할 수 있고, 니체의 영원회귀와도 비교할
수 있다. 무한한 시간 속에서 오늘, 이 순간 최선을 다하는 것이 영원성에 닿아
있기 때문이다. 이 순간, 오늘 영원성이란 선의 한 점(點)이기 때문이다.

> 오늘은 91年 4月 14日이니 / 봄빛이 한창이다. (천상병, 「봄빛」 부분)
> 오늘은 91년 4월 25일 / 뜰에 매화가 한창이다. / 라일락도 피고 / 홍매화
> 도 피었다. (천상병, 「우리집 뜰의 봄」 부분)
> 오늘(92년 5월 14일)은 / 나와 아내의 / 결혼 20주년이다. (천상병, 「결혼
> 20주년」 부분)

이 집에서 수락산 '천상병 숲길' 혹은 천상병 산길까지 10분 정도 걸린다. 숲
길에 들어서면 공기흡진기로 먼지를 터는 장소가 있는데, 바로 그곳 맞은편에
있는 언덕으로 조금 내려가면 흐르는 시냇물이 몸을 담글만치 깊다. 비 내리는
날 나는 가끔 그 시냇물에 앉거나, 물에 몸을 담근 적이 있다. 바로 그것에서 천

상병은 "목욕하고 있다 보면/ 계곡 흐름의 그윽한 정취여"라 하지 않았을까.

천상병 공원

지하철 수락산역에서 내려, 롯데 시네마 건물을 지나 수락산 국립공원 길로 좌회전 500미터쯤 걸어가면 '시인 천상병 공원'이 보인다. 수락산 쪽으로 걸어가면 오른쪽에 기와를 얹은 정자가 보이는 노원구 상계동 996-27호가 바로 천상병 공원이다. 이 공원에는 정자 '귀천정(歸天亭)', 시비 「귀천」, 「수락산변」, 타임캡슐 등이 있다. 의자에 앉은 시인이 아이, 개와 들과 함께 노는 모습을 표현한 1.4m 높이의 청동상이 있다. 어린이와 개와 노는 기념 동상이 있다. 타임캡슐은 2130년 1월 29일에 열린다고 한다. 캡슐 안에 무엇이 있을까, 백년 뒤 이 동네 인간들은 천상병 시를 어떻게 기억할까.

이 공원 바로 맞은 편에 있는 '수락산 행복 발전소'에도 천상병 기념 전시부스가 작지만 소담하게 자리잡고 있다. 예전에 이 건물 2층에서 나는 천상병 문학 세계를 강연한 적이 있다. 천상병이 중요하게 여겼던 공간에서 모여 생각하기 좋은 가장 좋은 공간이다.

나는 가끔 이 공원에 앉아 이 공간들을 기획하신 분께 감사드린다. 정자 '귀천정'은 천상병의 높은 의지를 표현했다. '귀천정'이라는 현판 글씨는 서예가 권상호(노원서예협회 고문) 선생의 전서체 글씨다. 시비 「귀천」, 「수락산변」, 「어린이」라는 세 가지 요소는 천상병 시의 핵심을 상징한다. 단연 주목되는 시는 「귀천」이다. 이 시를 설명하려면 이 시를 쓰기 전 천상병이 어떤 끔찍한 일을 겪었는지 설명을 해야 한다.

1930년 1월 29일, 천상병은 일본에서도 드넓은 평야에 쌀과 술이 좋다 하는 효고현 히메지시(姬路市)에서 태어났다. 1934년에 잠깐 진동에서 지내다 1940년에 다시 일본으로 건너갔다고 한다. 간사이에서 초등학교를 나왔고 1945년(15세) 해방이 되면서 부모님과 함께 귀국하여 경상남도 마산(現 창원시)에서 자랐다가 마산중학교에 입학한다. 복잡한 아잇적 이력을 그는 고향이 세 군데라고 표현했다.

"내 고향은 세군데나 된다. /어릴때 아홉 살까지 산/경남 창원군 진동면이 본 고향이고 / 둘째는 대학 2학년때까지 보낸/부산시이고 /세째는 도일(渡日)하여 살은/치바켄 타태야마시이다. /그러니 고향이 세군데나 된다." (천상병, 「고향이야기」, 『요놈! 요놈! 요 이쁜놈!』, 도서출판답게, 1991, 62~63면)

중학생 시절인 1949년『죽순(竹筍)』11집에「공상(空想)」을 통해 문단에 이름을 올렸다. 같은 해 1949년 마산중학 5학년 재학 중 담임 교사이던 김춘수 시인의 주선으로, 유치환의 초회추천으로「강물」이『문예』지에 추천되었다.

"환한 달빛속에서 / 갈대와 나는 / 나란히 소리 없이 서 있었다//불어오는 바람 속에서/안타까움을 달래며 / 서로 애터지게 바라보았다."(「갈대」, 『처녀지』1951년 12월)

전쟁시기에 쓴 이 외롭고 처절한 시는 비극의 한 복판에 갈대와 함께 서 있는 천상병을 떠올리게 한다. 그 모습은 바로 우리 자신의 모습이었다. 천상병 시는 초기시부터 자연과 화자가 일체된 모습을 보인다.

1950년(20세) 한국전쟁 때에는 미국 통역관으로 근무했다고 한다. 1950년 미국 통역관으로 6개월 근무하였으며, 1951년 전시 중 부산에서 서울대 상과 대학에 입학하여 송영택, 김재섭 등과 함께 동인지『처녀지』를 발간하였다. 『문예』지 평론「나는 겁하고 저항할 것이다」를 발표하고 시와 평론 활동을 함께 시작하였다. 1952년 시「갈매기」를『문예』지에 게재한 후 추천이 완료되어 등단하였다.서울대학교 상과대학 경제학과를 4학년 때 중퇴하고, 부산시장 공보실장으로 일했다.

1967년 간첩조작 사건이었던 동백림 사건 때 6개월간 고문과 투옥 생활을 한 뒤 천상병은 엉망이 되었다. 6개월 간 옥고를 치르고 무혐의로 풀려난 적이 있다. 1970년에는「김관식의 입관」을 발표했는데, 무연고자로 오해받아 서울 시립정신병원에 수용되기도 했다.

당시에도 어린아이 같았던 천상병 시인은 서울대 상대 동문인 친구 강빈구에게서 독일 유학 중 동독을 방문했었다는 얘기를 듣는다. 평소 다른 문인들에게도 그랬듯이 천상병은 강빈구로부터도 막걸리값으로 5백원 또는 1천원씩 받아 썼다. 당시 중앙정보부 발표문은 이러하다.

"강빈구는 간첩활동을 하고 있었는데 천상병은 강빈구에게 공포감을 갖게 한 뒤, 수십여 차례에 걸쳐서, 1백원 내지 6천5백원씩 도합 5만여원을 갈취착복하면서 수사기관에 보고하지 않았다."

이것은 무슨 죄인지. 막걸리 값 갈취죄인지. 술값은 공작금 수령으로 둔갑하고, 천상병은 불고지죄로 옥고를 치룬 것이다.

여기까지는 잘 알려져 있다. 여기까지 알고 그저 몇 편의 시로 사람을 판단하지 않는가. 우리는 몇 마디 말만 듣고 대하소설 같은 인간의 생애를 간단히 비하하지 않는가. 이 시기에 그가 발표한 시가 대표작 「귀천-주일(主日)」이다.

나 하늘로 돌아가리라
새벽빛 와 닿으면 스러지는
이슬 더불어 손에 손을 잡고

나 하늘로 돌아가리라
노을빛 함께 단 둘이서
기슭에서 놀다가 구름 손짓하면은

나 하늘로 돌아가리라
아름다운 이 세상 소풍 끝내는 날
가서, 아름다웠더라고 말하리라…….

— 천상병, 「귀천-주일(主日)」, 『창작과 비평』 1970년 6월호

3연으로 된 짜인 이 시는 각 연의 1행인 "나 하늘로 돌아가리라"로 반복되어 있다. 이 시는 천상병의 삶과 유토피아가 모두 담겨 있는 걸작이다. 이 시에서 부제가 '주일(主日)'이라고 써 있는데 교과서나 여러 시집, 시비(詩碑) 등에 부제가 써 있지 않다. 아쉽게도 천상병 공원에 있는 시비에도 부제인 '주일'이라는 단어서 없다. 다음에 추가해서 넣어야 할 단어다.

천상병이 '주일(主日)'이라고 쓴 것은 여러 해석이 가능하다. 첫째는 천주교 신자였던 그가 주일 곧 일요일에 시를 썼다는 뜻일 수 있다. 그런데 당시 시 창작일이나 발표지 표기를 시 말미에 적는 관행을 볼 때, 주일에 썼기에 주일이라고 썼을 것 같지는 않다.

둘째는 영원한 '주일'을 생각할 수 있겠다. 주일(主日)은 일요일 곧 모든 노동을 쉬고 안식하는 안식일이다. 그가 생각했던 온 우주의 주인과 함께하는 영원한 안식을 생각하며 시를 썼을 가능성이 크다고 하겠다.

천상병 시에는 종교적 상상력이 반복해서 나온다. 특히 창세기 3장에 나오는 유토피아 구조가 많은 시에 반복해 나온다.

하나님이 흙으로 빚은 아담(Adam)은 아내 이브(Eve)와 함께 축복받은 땅인 에덴동산에 살았다. 에덴동산은 하나님과 인간과 생태계가 조화를 이룬 완벽하고 안전한 삼각형 꼴의 동산이었다. 다만 두 사람은 에덴동산의 선악과를 따 먹지 말라는 당부를 받았다. 하지만 뱀의 유혹에 빠진 이브와 그의 권유를 받은 아담은 선과 악을 구별하는 능력이 생기는 선악과를 먹게 된다. 하나님이 금지했던 선악과를 먹어서 하나님 말씀을 거역하는 죄를 짓게 된 것이다. 인간과 생태계의 관계가 끊어지고, 하나님과 인간의 관계가 끊어지자 에덴동산의 안정된 구조는 파괴되어 버린다. 하나님이 택하신 영의 조상 아담의 범죄였기에, 그 죄로 인해 인간에게는 '모태로부터 우리는 죄인'이라는 원조 도그마가 생겼다.

천상병은 깨진 유토피아 구조를 복원하려 한다. 그의 시에는 자연과 인간과 절대자가 모두 만나 어우러진다.

현실적 인식과 극복

1971년 고문의 후유증과 음주생활에서 오는 영양실조로 거리에서 쓰러져 행려병자로 서울 시립 정신 병원에 입원했다. 그 사이 유고시집 『새』(조광)가 발간되었으며, 이 때문에 살아 있는 동안에 유고시집이 발간된 특이한 시인이 되었다. 이때, 친구의 여동생 목순옥(1935~2010)이 수년간 간병을 해준 것이 계기가 되어 1972년 결혼한다. 결혼 이후 그는 꽤 안정을 찾는다. 어린아이 같은 어투의 그의 시는 더욱 어린이 느낌을 준다.

"Das Kind ist Unschuld. 어린 아이는 원죄의식이 없다(흔히 '순진무구하다'로 번역돼 있다)"고 니체의 위버멘쉬를 설명하면서 맨 앞에 썼다. 니체를 인용하지 않더라도, 천상병은 어린 아이다. 때묻지 않는 어린 아이로 어른이 된다는 것은 얼마나 어려운 일인가.

"꽃은 훈장이다./ 하느님이 인류에게 내리신 훈장이다."(천상병, 「꽃은 훈장」, 1976)라는 두 행으로 이 시는 이미 완성되었다. 꽃을 따서 훈장처럼 가슴에 다는 모습을 "얼마나 의젓한 일인가."라며 으슥한다. 마지막 행에 시인의 역사관이 "전진을 거듭하는 인류의 슬기여"라며 그럴듯하게 표현된다.

1988년 간경화증으로 춘천 의료원에 입원해 치료를 받는 도중, 의사로부터 가망이 없다는 통고 받았으나 기적적으로 회생하였다. 1989년 시집 『귀천』(살림), 공동시집 『도적놈 셋이서』(안의), 1990년 수필집 『괜찮다 괜찮다 다 괜찮다』(강천), 1991년 시집 『요놈 요놈 요 이쁜놈』(답게), 1993년 동화집 『나는 할 아버지다 요놈들아』을 간행했다.

주목할만한 시는 「최저재산제를 권합니다」라는 작품이다. 어린애가 쓴 듯한 시편이다. 여러 욕망이 분출하고, 돈을 요구하는 이 시대에 이 시는 적당히 욕망도 채우면서 더큰 욕망은 서로 억제하자고 한다.

세계평화 위해서도

사회복지 위해서도

필자는 최저재산제 권합니다

최저임금제 있잖아요?

최저한도의 임금을 말하는데

왜 최저재산제가 있을 수 없어요?

박정희 정권 때

박장군 쿠데타 모의 때

여러가지 인쇄물을 담당한

이모라는 실업가가

박정권 성공 후의 비호를 받아

5백억환의 재산을

모았다는 보도에 접하여

나는 아연실색한 일이 있어요!

미국 같은 선진국에서는

부자는 부자대로 많은 재산을

대학이나 병원이나
사회복지시설에
끊임없이 기부하면서
사회환원을 기어코 한다는데
우리나라서는 그러지 못해요!

그래서 필자가 말씀드리는 것이
이 최저재산제입니다요!

한 10억원 정도로
사유재산고를 제한하는 것이
앞으로 유익한 자유주의체제가 될 것이며

이북 동포들의 제국주의 소리도 줄 것이고
일반 노무자들도 큰 혜택을
보리라 생각합니다!

— 천상병, 「최저재산제를 권합니다」

천상병 시인은 "한 10억원 정도로 / 사유재산고를 제한하는 것이 / 앞으로 유익한 자유주의체제가 될 것이며"라고 한다. 일본 유학을 했고, 경제학을 전공했고 통역병으로 있었던 그는 최저재산금으로 10억을 제안한다. 10억이 아니라, 20억으로 제한한다면, 아니 50억으로 제한하기만 해도, 이 사회는 얼마나 다른 세상이 될까. 아니, 좋다. 100억으로 제한하기만 해도 말이다. 부자들이 100억 이상의 수익을 공공선으로 내놓는다면 말이다. 전혀 가능하지 않은 제안, 이런 제안을 시인이기에 할 수 있을 것이다.

이 시에서 궁금한 점이 있다. 왜 '최저'재산제라고 했을까. '최고'재산제가 아닐까. 시인의 역설로 생각하여, 가령, 당신이 100억도 가질 수 있으나, 그럴 실력도 있으나, '작은 것이 아름답다'고 '최저'재산만을 갖는다고 생각하자, 그 뜻으로 최저재산제라고 했을까.

수락산으로 날아간 새

"외롭게 살다 외롭게 죽을"(「새」)이라며 시인은 인간을 새에 비유하며, 죽음으로 가는 존재(Sein zum Tode)로 바라본다. "산다는 것과 / 아름다운 것과 / 사랑한다는 것과의 노래가 / 한창인 때에"라며 그 삶을 아름다운 것과 사랑의 때로 묘사한다. 흥분하지 않고 "나는 도랑과 나뭇가지에 앉은 / 한 마리 새"로 삶을 성찰한다. 그는 시인을 천직(天職)으로 여긴다.

천직이란 "부름받은 사명"이란 뜻이다. "콜링(calling)" 또는 "베루프(Beruf)"라고 하거나 우리말로 "부르심"이라 하기도 한다. 천상병의 임무는 "낡은 목청을 뽑아라. // 살아서 / 좋은 일도 있었다고 / 나쁜 일도 있었다고 / 그렇게 우는 한마리 새"인 것이다.

다시 쓰지만 천상병은 우리에게 인간이 가야 할 방향성을 아이처럼 가르쳐 준 시인이었다. 그는 기인이 아니라, 우리가 배워야 할 스승이다. 순진무구한 아이의 모습으로 다가왔던 시인은 1993년 4월 28일 하늘로 소풍 가듯 수락산으로, 그 시원한 시냇물의 세계로 찾아가셨다.

중랑천을 걷다

장은수[*]

    1990년대 초 노원에 처음 이사 왔을 때, 중랑천 둔치는 걷고 싶은 곳이 아니었다. 물은 자주 말랐고, 검은 물이 흘렀으며, 썩은 냄새가 고약했다. 1984년 시조 시인 선정주는 "피라미 한 마리 소식 없는/ 처음 보는 강의 안색"에 놀라면서 더 이상 물이 흐르지 않는 건천으로 변한 중랑천의 부고를 전했다. 시인은 생명을 잃어버린 강의 모습을 보고 "강이 폐업"했다고 애통해했다. 급격한 산업화로 인해 오염되고 파괴된 자연을 '폐업'이라는 자본주의 세상에서 더는 버티지 못하고 퇴출당하는 일에 빗대 선명히 보여준 것이다. 또한 1990년 후반 시인 장대송은 「중랑천 뚝방길」에서 "녹천에서 장안까지/ 바람에 녹는 위액들이 검다"면서 그 위를 걷는 사람이 "냄새를 풍기며 세상을 역류"한다고 말했다.

    중랑천은 경기도 양주에서 발원해 한강 본류로 유입되는 지천으로, 한강 지류 중 가장 길다. 안양천, 탄천, 홍제천과 함께 서울의 4대 하천으로 불린다. 1960년대까지 배가 드나들 정도로 수량이 풍부했던 중랑천이 말라붙고 오염

---

[*] 읽기 중독자. 문학평론가. 민음사 대표이사, 한국문학번역원 이사 역임. 저서로 『출판의 미래』 『같이 읽고 함께 살다』 등이 있으며, 『기억 전달자』 『고릴라』 등을 우리말로 옮김.

돼 죽어 버린 것은 1960년대 산업화 과정에서 지금의 창동 지역에 몰려 있던 공장들과 상계, 녹천 등에 다닥다닥 밀집해 있던 판자촌 탓이다. 삼화페인트, 국제제지 등 수많은 공장이 쏟아낸 폐수들, 철거와 재난 탓에 상하수도 혜택도 없는 곳까지 밀려나 살 수밖에 없던 이들이 버린 생활하수가 흘러들어 중랑천을 '죽음의 강'으로 만들었다. 마들의 풍요로운 들판 역시 중랑천과 함께 오염되어 농사를 지을 수 없는 곳으로 변했다.

1979년부터 서울시가 대대적으로 정비하고, 1985년 대규모 개발 계획 수립 후 지하철 4호선이 들어오면서 1988년부터 상계, 녹천, 중계, 하계에 신시가지가 조성된 후에도 한동안 중랑천은 살아나지 못했다. 1990년대 중반, 천변 공장이 대부분 이전하고 정비된 후에야, 중랑천은 비로소 리모델링 해서 부활하기 시작했다. 그러나 시민들이 강에 접할 일이 없었기에, 아직 피부에 와 닿지는 않았다.

갈대숲, 공사장, 쓰레기단지 등이었던 천변에 시민들 발걸음이 닿기 시작한 것은 2000년대 초반이다. 동부간선도로로 인해 시민들 삶과 단절되었던 둔치를 따라 체육공원이 조성되고, 수락산에서 군자교까지 자전거 도로가 나면서 이곳에서 걷고 뛰고 운동하는 시민들이 생겨나기 시작했다. 그러나 첫인상 탓인지, 그다지 가고 싶은 기분은 아니었다. 차로 동부간선도로를 오르내리면서, 사람들이 산책하고 자전거 타는 것을 지켜보며 '차라리 자전거로 출퇴근할까?' 하고 푸념하듯 떠올렸을 뿐이다.

가족 중에서 중랑천변 도로를 끝에서 끝까지 체험한 사람은 아들이었다. 자전거를 배운 후 조금씩 행동반경을 넓히더니 어느새 친구들과 어울려서 다녀온 것이다. 몇 달 후 나 역시 어느 날 우연히 이 길을 걷게 되었다. 장안평 부근에서 미팅이 끝나서 현지 퇴근할 일이 있었는데, 문득 집까지 걷고 싶은 기분

이 든 것이다. 2006년 당현천이 복원되면서 천변길이 마련되어 차도를 건너지 않고도 집까지 갈 수 있게 된 것도 한 계기였다. 이후로, 자주 천변길로 나서게 되었다.

반짝이며 고요히 흐르는 강물을 하염없이 바라보면서 시름과 몽상을 실어 보내고, 우아한 몸짓으로 날아가는 왜가리들, 파문을 만들면서 물 위로 튀어 오르는 물고기들, 오순도순 물 위를 떠가는 물오리들의 풍경을 완상하기도 한다. 차 걱정 없이 힘차게 달리는 자전거들, 쾌활히 웃으며 뛰노는 아이들, 두셋이 모둠을 이루어 걷는 어르신들, 가볍게 달리면서 운동하는 사람들 모습에서 에너지를 얻고 글감을 얻는 일도 많다. 잘 꾸민 덕분에 봄부터 가을까지 늘 천변에 피어 있는 식물들, 꽃들을 감상하고, 때마다 사진을 찍고 흥취를 기억해 몇 자 글을 남기기도 한다. 조용히 걷고 싶으면, 송전탑 아래쪽 산책로가 좋다. 봄이면 개나리와 벚꽃이 만발해서 인간세를 벗어난 듯한 기분을 느끼게 한다.

착취만 했을 때 인간은 강을 살해했다. 강도 스스로 시체가 되어 전염병 배양지가 되고, 호우와 태풍 때마다 범람해 인간을 괴롭혔다. 인간이 함께 살려고 수질을 개선하고, 유량을 확보하며, 적절한 시설과 쉼터를 확보하자, 강은 물고기가 헤엄치고 새가 나는 생명의 공간이자 여가의 동반자요, 산책하면서 깊은 사유의 배양하고 상처를 씻어내는 영역으로 부활했다.

내가 걷는 코스는 두 갈래 길이다. 집에서 나와 당현천 길을 천천히 20분쯤 걸으면 중랑천하고 만난다. 여기에서 왼쪽을 택하면 월계를 거쳐서 석계에 이르고, 오른쪽을 택하면 노원교를 거쳐서 수락산 아래까지 간다. 양쪽 다 4~5킬로미터 정도이지만, 운동보다 산책이 목적이기에 어느 쪽이든 한 시간 넘게 걸린다. 건너편 쪽 길인 초안산 아래 공원은 걸었던 기억이 별로 많지 않다. 산책길 끝에 이르면, 온 길로 되걸어 집에 오기도 하고, 동일로 쪽으로 나가서 거리 구경을 하면서 집으로 돌아오기도 한다. 동일로 쪽이면 군데군데 동네 맛집을 빼놓을 수 없다. 석계 쪽에선 공릉동 도깨비시장 주변 맛집이나 공릉철길 양쪽의 맛집을 뒤적이고, 수락 쪽에는 마들역, 노원역 맛집을 들른다. 보통은 주전부리하거나 가볍게 분식을 즐긴다. 길거리 가게에서 맛있어 보이는 게 있으면 쌈짓돈을 내 이것저것 먹는 경우도 많다. 이 때문에 산책길 운동복 호주머니에는 항상 현금을 약간 넣어 둔다.

무엇보다 노원은 갈대의 땅이다. 노원은 중랑천이 범람하는 저습지에 끝없이 펼쳐진 갈대밭에 세워진 도시로, 중랑천을 따라서 걷다 보면 사람 키보다 높은 갈대들이 흔히 보이곤 한다. 처음부터 끝까지 갈대밭이 있어서 지역적 정체성이 드러났으면 하는 바람이 들기도 한다. 집 앞 당현천에서 벌이는 등 축제 같은 짝퉁 느낌 축제 말고 '갈대 축제' 같은 것이 있으면 어떨까 싶은 생각도 들곤 했다.

당현천과 중랑천이 만나는 지점에서 수락산 쪽으로 가다가 첫 번째로 만나는 나들목이 녹천교다. 녹천 하면 떠오르는 것은 이창동 감독이 한창 예술성 높은 소설을 써낼 때 발표했던 단편소설「녹천에는 똥이 많다」이다. 한국일보 문학상을 받은 수작으로, 1980년대 후반, 2019년엔 연극으로 공연되기도 했다. 작품의 무대는 녹천에 새로 지어진 아파트다. 준식 부부에게 23평짜리 고층 아파트는 비좁은 지하 셋방을 벗어나서 "드디어, 진짜 우리 집"에 도착한 신천지이고, 갖은 고생 끝에 간신히 정복한 영광의 고지이다. 드디어 이들은 도시 하층을 탈출해서 중층으로 올라선 듯한 뿌듯함을 만끽한다. 이 작품을 볼 때마다 나는 노원에 처음 이사 가지 않아도 되는 집을 마련했던 부모님의 희열에 찬 표정을 떠올리곤 한다.

준식의 기분을 잡치게 한 것은 눈치 없는 이복동생 민우. 시인인 민우는 주변의 황량한 풍경을 지적하면서, 굳이 썩는 듯한 냄새를 지적한다. 예전에 사습이 뛰놀았던 아름다운 하천 녹천은, 제목에 나오는 바대로, 쓰레기가 부패하는 듯하고, 시궁창 냄새나 공장 폐수 냄새 같기도 한 똥 냄새가 지독한 곳이기도 했다. 아파트가 물고기가 질식해 죽어가는 수족관 같은 곳이고, 현대사의 더러운 부조리(똥) 위에 쌓아 올린 무미건조한 공간임은 부인할 수 없다. 또한 귀갓길에 녹천역에서 동생이 경찰한테 체포당하는 모습을 애써 외면하는 준식의 모습에서 보듯, 그 똥이 우리 안에도 쌓여서 우리의 기회주의와 속물 욕망을 이루고 있음도 부정할 수 없다.

그러나 준식이 아예 틀리지도 않았고, 비겁함이 행복의 추구를 온전히 증발시키지도 못했다. 준식은 "지금은 아니고 앞으로 그런 곳으로 변할 것"이라고 민우에게 변명하는데, 과연 준식의 예언대로 됐다. 명문대 학생이자 민주 투사로서 현대사의 질곡을 해소하려고 애써 온 민우의 삶은 당연히 존중받아야 하나, 급사 출신으로 야간대학을 나와서 교사로 일하는 준식 역시 그 기쁨이 다소 오염되었을지라도 소시민으로서 최선을 다해 살았음을 인정받아야 한다.

'준식들'은 녹천의 똥 냄새를 기어이 걷어내고, 지역을 무미건조한 수족관이 아니라 살 만한 곳으로 가꾸었다. 이런 의미에서 보면, 자본주의 속에서 어떻게든 살아남아 풍요롭고 행복한 삶을 성실히 추구해 온 준식 부부는, 별달리 물려받은 재산 없이 근면하게 작은 보금자리를 일구어 온 노원 시민의 원초적 정체성을 잘 보여준다. 노원의 시민들은 똥이 나뒹구는 거대한 오욕의 세상에서 태어나서 순결함과 품위를 잃어버린 곳을 사슴의 땅으로 되돌려 온 것이다. 자부하지 말아야 할 이유가 없다.

녹천교에서 북쪽으로 좀 더 걸으면 창동교가 나온다. 이곳으로 나가서 노원구청, 롯데백화점을 지나서 정면으로 보이는 곳이 순복음노원교회다. 이곳에서 오른쪽으로 가면 집이기 때문에 나는 이 길을 자주 걷는 편이다. 순복음노원교회에는 노원 시민들도 잘 모르는 표지가 하나 있다. 주차장 터가 조선시대 때 동북 지역으로 가던 이들이 말을 갈아탈 수 있었던 역참이 있던 곳이다. 개발되기 전에 중랑천에서 이곳까지 모두 갈대밭이었다. 주변에 인가가 전혀 없었고, 이곳은 군사 목적을 겸해서 병조에서 직접 관리하던 역참이었다. 지금도 창동교에 올라서면 옛 노원 역사까지 한눈에 보인다. 당시라면 갈대밭 위로 솟은 역참이 눈에 들어왔을 것이다. 가기 전에 노원백화점 건너편 길가 한뼘 가게 구·법원에서 고로케를 챙겨 먹기도 하고, 중계역 쪽으로 살짝 내려가 팔복떡집에서 떡을 사 먹을 때도 있다. 4호선 노원역 철길 아래 노원프라자 지하에는 가수 요조의 인생 맛집 '영스넥'이 있다. 『아무튼 떡볶이』에는 "지금껏 먹은 끼니 중 엄마가 해 준 밥, 자신이 해먹은 밥 다음으로 지분을 갖고 있"는 집이

라고 했다. 친구와 추억이 얽혀 있어 더 맛있는 집이다. 『에세이 만드는 법』을 쓴 편집자 이연실도 이 집을 '인생 떡볶이집'이라고 말한 바 있다.

창동교에서 북쪽으로 더 올라가면, 상계교가 나온다. 다리 건너편은 도봉구 방학동이다. 상계교 나들목을 나와서 노원 쪽으로 나오면 온수골사거리다. 예전에 이곳에서 더운물이 나왔기에 붙은 이름이다. 예전에는 마들이 상계동, 중계동, 하계동 거의 전역을 가리켰다면, 요즘엔 이 주변을 마들이라고 부른다. 근처에 마들역이 생긴 덕분이다. 마들은 '말(馬)'과 '들'이 합쳐진 말로 서울 동북부의 교통 요지였던 노원역에서 길렀던 말들이 자유롭게 뛰노는 들판이었다. 이곳에 노원에서 가장 맛있다는 만두를 파는 가게 '바불리 옛날 왕만두'가 있다. 크기는 크고, 피가 두껍고, 소가 들어차서 고기만두 한둘만 먹어도 배가 찬다.

상계교에서 다시 북쪽으로 올라가면 노원교가 나온다. 더 가면 의정부 장암으로 이어진다는데, 나로는 한 번도 거기까지 간 적이 없다. 이곳 나들목에서 나가면, 상계정보도서관이 있고, 지나면 수락산역 사거리가 나온다. 여기까지 이르면, 걸어서 돌아올 엄두가 나지 않는다. 수락산역 4번 출구 뒤에 있는 단마루에서 단팥빵 하나를 사서 베어 문 후, 버스 타고 집으로 돌아온다.

당현천과 중랑천이 만나는 지점에서 석계 쪽으로 가는 길도 때때로 걷곤 한다. 남쪽으로 조금 내려가면, 2019년에 한내교가 새로 생겼다. 이 길이 생기면서 하계동 사람들의 월계역 접근성이 좋아졌다. 한내교에서 남쪽으로 더 걸어가면, 월계1교가 나온다. 이 다리는 하계동하고 월계동을 이어주는 주요 도로다. 월계 쪽으로 가면 인덕대학이 있고, 월계정보도서관이 있다. 하계 쪽으로 나오면 하계역이다. 세이브존하고 을지병원이 있는 곳이다. 을지병원 뒤쪽에 참누렁소가 있다. 허영만 만화 『식객』에 나오는 집으로, 소고기 정형을 직접 하는 곳이다. 눈처럼 하얗게 마블링이 된 소고기를 먹고 싶을 때 가족들과 함께 찾곤 한다. 근처에는 노원에서 단 하나뿐인 평양냉면 전문점 제형면옥이 있다. 의정부 계열인데, 수수하고 슴슴하고, 서늘하고 담담한 맛이 그리울 때 가끔 찾곤 한다.

월계1교에서 남쪽으로 약간 더 걸으면, 경춘철교가 있다. 폐선된 옛 경춘선 철도를 숲길로 조성해서 육사 앞을 지나서 옛 화랑대역까지 5킬로미터 정도 걷도록 해 두었다. 노원에서 드물게 주택들이 있는 공릉동 한복판을 가로지른다. 아늑한 정취가 있어서 데이트 코스로 무척 인기이다. 젊은이들이 몰리는 곳이다 보니 자연스럽게 주변에 서양풍 카페 거리가 조성되고, 독립서점도 들어섰다. 길 따라 걷다 보면 공릉동 도깨비시장에 이른다. 시장 주전부리 마니아로서 만두장성의 찐만두하고 꽈배기를 지나칠 수 없다. 여름철이라면 태릉

입구역 근처 제일콩집에 가서 진한 콩국수를 먹는다. 가족들과 자주 들르는 곳은 '공릉동닭한마리'다. 깔끔한 국물 맛이 일품이다. 우리 집은 고기 먹고, 국수 먹고, 국물 남겨서 칼국수도 먹는 풀코스파에 속한다. 서울과학기술대 부근 노지스시의 가성비 높은 초밥은 후배 덕분에 알아두었다가 때때로 아내랑 같이 가는 곳이다.

경춘철교에서 남쪽으로 조금 내려가면 한천교가 있다. 한천은 중랑천의 옛 이름이다. 한강 위쪽으로 흐르는 시내라는 뜻으로 '한천(漢川)' 또는 한내라고 불렸다. 한내교의 한내도 여기에서 연유했다. 이 다리는 광운대역(성북역)과 공릉동을 이어주는 다리다. 다리 건너 광운대역을 걸어서 가는 길은 철길 때문에 다소 복잡하다. 광운대역 주변은 이상하게도 많이 가보지 못했다. 공릉역 쪽으로 나오면 공릉수문 사거리를 지나서 국수 거리가 나온다. 예전에 이 주변에 벽돌공장이 많았다. 노동자들이 늦은 시간 뜨끈한 국물에 술 한잔 즐기던 포장마차가 소문난 멸치국수가 되고, 주변에 면 전문점들이 들어서면서 국수 거리가 되었다.

한천교에서 남쪽으로 조금 오래 걸어가면 월릉교가 나온다. 여기가 노원의 남쪽 끝이다. 월릉교는 석계동과 태릉을 이어주는 다리다. 석계역 근처에는 조정권 시인이 살았다. 시인이 살아생전에 이곳은 서울 북부와 남양주, 구리, 의정부 등에서 수많은 시인의 아지트였다. "석계역에서, 시 쓰는 고려대 경희대 후배들과/ 밤 늦게 마시고 너무 늦어 차도 끊어져/ 못 가거나 안 가는 이들과 함께/ 포장마차에서 비바람 피하다가/ 24시간 호프집에서 떠들다가/ 나는 내 주먹이 너무 쉽게 시를 혹은 나를 용서한다는 사실을 알고/ 주먹을 쥔다."(「장미의 주먹」) 일찍이 김수영 문학상을 받았던 명시집『산정묘지』에서 "가장 높은 것들은 추운 곳에서/ 얼음처럼 빛나고"라고 선언했던 고고한 지사였기에, 약간의 속됨도 용납할 수 없었으리라. 나 역시 어쩌다 불려서 여기 낀 적도 있다.

시인은 현재 공원이 된 굴다리 아래 포장마차에서 있었던 우연하고 애달픈 사연도 시로 남겼다. "박정만이 죽고 얼마 되지 않았을 때지요/ 월계동의 최동호와 한잔하다가 소낙비를 만나/ 국철 1호선이 다니는 석계역 굴다리 아래로 피신했습니다/ (중략) 그때였습니다 방 안으로 들어가 있던 40 후반의 주모가 우리 앞에/ 시집 두어 권을 보였습니다 밤늦은 시간이면 혼자 자주 오던 사람이었다고"(「굴다리 밑」)

박정만 시인의 시집이다. 출판사 편집장으로 일하면서 순수시를 쓰던 박정만 시인은 1981년 한수산 필화 사건에 연루되었다. 《중앙일보》에 연재되던 세태소설 속 한 문장이 전두환을 연상케 한다는 어이없는 이유로 작가를 비롯해서 문화부장, 출판부장, 편집국장 대리 등이 줄줄이 보안사 분실로 끌려가서 경을 쳤다. 박정만 시인은 한수산의 대학 동창이자, 한수산의 소설이 연재가 끝나면 단행본으로 출판할 출판사의 편집장이란 이유로 느닷없이 연행되었다. 영문도 모르고 끌려간 시인은 죽도록 고문을 당한 후 아무 죄 없이 풀려났다. 육체적 고통과 정신적 모멸감, 하소연할 길 없는 억울함은 시인을 술로 내몰았다. 박정만은 말했다. "1987년 6월과 8월 사이에 나는 500병 정도의 술을 쳐 죽였다. 그 속에는 꺼져 가는 불티처럼 겨우 명맥만 붙어 있는 나의 목숨도 묻어 있"었다. 하소연이 시를 낳았고, 시는 시를 불렀다. 석 달 만에 300편 시를 쏟아낸 후, 시인의 육체는 소진되었다. 1988년이었다.

"사랑이여,/ 이제 곧 날이 저물고 밤이 오리니/ 그대 마음의 남끝동 한 천으로/내 육신의 허물을 잘 가리어다오."(「정읍별사 Ⅲ」) 시대의 폭압이 낳은 아까운 죽음이었다. 민주화되었다는 세상인데, 우리는 과연 박정만의 죽음을 잘 가리고 있는 것일까. 석계역 부근, 그가 울분을 씹으며 절창을 토하던 대폿집

자리에는 아무 흔적도 없다.

박정만과 조정권의 시를 낳았던 굴다리에서 남쪽으로 강을 따라 내려가면, 묵동천, 우이천, 중랑천이 합류하는 지점이 있다. 이곳이 중랑포다. 중랑천이라는 이름은 여기에서 왔다. 바다처럼 넓은 백사장이 있고, 수심이 깊어서 조선시대 때 이곳에서 수전 훈련을 했다. 태강릉, 건원릉, 동구릉 등을 참배하려고 가던 길에 왕들이 새참을 먹으면서 쉬어 가는 곳이기도 했다. 효종은 이곳에서 이완의 건의를 받아들여 북벌군을 훈련하기도 했다. 「세종실록」을 보자. "왕이 중랑포에 이르러 술자리를 베풀었다. 병조참의 윤회(尹淮)가 나아와 시를 지어 바쳤다. "여름 밭두렁 산들바람에 보리 이삭은 길어지고, 들판에 빗물은 넘쳐 시월 타작마당에 풍년은 들고 말리라." 조선시대에는 이곳에 왕들이 행차할 때 건너던 다리인 속계교 또는 송계교가 있었다고 하는데, 아마도 월릉교 아래에 묻혀 있는 것 같다.

노원은 생겨난 지 마흔 해 정도밖에 안 되는 신도시 지역이어서 이야기가 크게 부족하다. 지역 대부분이 아파트로 덮여 있어 골목과 가게가 만드는 고유한 풍경이 크게 부족한 편이다. 매력적 문화 공간이나 역사 유적도, 이름난 공원도 많지 않다. 다행히 불암산·수락산이 있고, 중랑천·당현천이 있으나 아쉬운 점이 적지 않다.

『공간과 장소』에서 이푸 투안은 물리학자 베르너 하이젠베르크와 닐스 보어가 덴마크 크론베르크 성에 갔을 때 일화를 들려준다. 보어는 말한다. "여기에 햄릿이 살았다고 상상하자마자 이 성이 다르게 보이는 게 이상하지 않나요? 저 어두운 모퉁이는 우리에게 인간 영혼의 어두운 면을 떠올리게 하고, 우리는 여기서 '사느냐 죽느냐, 그것이 문제로다!'라는 햄릿의 목소리를 듣습니다." 돌로 쌓은 평범한 성을 영원히 찾고 싶은 공간으로 바꾸는 것은 '햄릿 이야기'다.

물리적 공간(space)은 가치 있는 경험이나 위대한 이야기와 결합할 때 비로소 장소(place)가 된다. 이푸 투안은 "공간은 움직이는 곳이지만 장소는 머무르는 곳"이라고 말한다. 이동해 와서 머무르고 싶은 곳이 되지 않으면, 어떤 장소도 금세 공간으로 되돌아간다. 중랑천 산책길의 매력은 자연 풍광이나 편리한 시설만으로 충분하지 않다. 아무리 잘 꾸며진 공간이라도, 독특한 인문적 서사를 함께 갖추지 못하면 언제든 잊히고 만다. 문화를 존중해야 하는 이유다. 이 길에서 뛰노는 저 아이 중에서 위대한 이야기꾼이 있어서, 불멸의 매력을 이 길에 불어넣었으면 좋겠다.

생태하천 당현천을 걷다

고봉준[•]

1

　내가 살고 있는 아파트 바로 옆에 '당현천'이라는 하천이 흐르고 있다. 그리고 그 하천을 따라 나란하게 쾌적한 도심형 산책로가 조성되어 있다. 이 길의 공식적인 명칭은 '당현천길'이다. 폭설이나 폭우처럼 기후상태가 좋지 않은 몇몇 날들에는 산책 자체가 불가능하지만 그런 예외적인 경우를 제외하면 이른 아침부터 아주 늦은 밤까지 걷고 달리는 사람들의 모습을 이곳 어디서나 발견할 수 있다. 특히, 무더위가 심한 한여름이나 열대야 탓에 쉽게 잠이 들지 않는 날들이면 자정을 훌쩍 넘긴 시간에도 삼삼오오 모여 앉아 이야기를 나누거나 가벼운 산책을 즐기면서 시간을 보내는 사람들의 모습을 쉽게 발견할 수 있다. 주말 오후에는 이곳에 특히 사람들이 넘쳐난다. 소문을 듣고 먼 곳에서 일부러 이곳을 찾아온 사람들이 있는가 하면, 아이들을 데리고 물놀이겸 시간을 보내러 나오는 가족단위의 방문객들도 많고, 도심을 길게 가로지는 자전거 동호회, 수락산이나 불암산 등산길에 이곳을 들른 등산객들의 모습도 쉽게 눈에 띈다.

• 2000년 서울신문 신춘문예 문학평론으로 등단. 현재 경희대학교 후마니타스칼리지에 재직. 평론집 『비인칭적인 것(2014)』, 『문학 이후의 문학(2020)』외 다수.

여유롭게 산책을 즐기는 사람들, 제법 빠른 속도로 달리는 사람들, 길 위를 매끄럽게 달려가는 자전거의 행렬, 산책을 나온 애완동물들, 그리고 오후와 저녁 시간을 여유롭게 보내러 나온 인파의 행렬……, 이처럼 다양한 사람들이 유유히 흐르는 당현천을 사이에 두고 양편에 조성된 '당현천길' 위를 지나다닌다.

미국의 사회학자 레이 올든버그는 기분전환과 사교를 위한 제3의 장소가 중요하다고 주장했다. 제1의 장소가 사적 영역인 '가정'이고, 제2의 장소가 공적 영역인 '직장'이라면, 제3의 장소는 비공식적인 공공생활이 행해지는 장소라고 말할 수 있다. 영국의 펍(Pub)이나 프랑스의 카페(cafe)처럼 동네 주민들이 격의 없이 드나들 수 있는 장소, 가정이나 직장과는 다른 방식으로 사람들과 마주치게 되는 공간들이 바로 제3의 장소이다. 하지만 급속한 속도로 산업화의 길을 밟아온 한국인들에게, 특히 아파트가 대표적인 주거형태가 되면서 이웃 주민들과의 관계가 사실상 단절된 상태로 살고 있는 대도시인들에게 '펍'이나 '카페'를 매개로 한 유대감을 기대하기는 불가능하다. 불과 얼마 전까지, 아니 지금 이 순간에도 한국인들의 대다수는 '가정'과 '직장'을 탁구공처럼 규칙적으로 왕복하면서 살고 있다. 이러한 아파트족들에게는 아파트 단지 사이에 조성된 근린공원이나 주말에 자주 이용하는 산책로, 등산로 등이 유력한 제3의 장소라고 말할 수 있다. '당현천길'을 비롯하여 서울 전역에 조성된 다수의 산책로와 크고 작은 공원들 역시 마찬가지이다. 가족단위로 이야기를 나누면서 놀이를 하거나 걷는 모습을 보면, 퇴근 후의 시간을 활용하여 음악을 들으며 걷거나 뛰고 있는 사람들의 모습을 볼 때면 자연스럽게 일인당 국민소득 3만 달러 시대의 삶이 이런 것인가 하는 생각이 든다.

2

2002년, 내가 중계동으로 이사했을 때만 해도 당현천의 풍경은 지금과 전혀 달랐다. 대도시의 특징 가운데 하나가 놀라운 변화의 속도라고 하지만, 특히 지난 20년 동안 당현천의 모습은 놀라울 정도로 변했다. 나는 이 변화가 서울의 주거환경과 생활방식의 급속한 변화와 맞물려 있는 현상이라고 생각한다. 과거 당현천은 비가 올 때만 물이 흐르는 건천(乾川)이었다고 한다. 굳이 '~한다'라고 표현한 이유는 지금의 모습으로 바뀌기 이전의 당현천에 대한 기억이 전혀 없기 때문이다. 알다시피 '물'이 흐르지 않는 개천은 사람들의 관심을 끌지 못하는 법이다. 상계동은 80년대 후반 목동과 함께 대규모 택지개발사업을 통해 만들어진 제1기 신도시이다. 1980년 택지개발촉진법이 만들어져 세 개의 지구별 개발계획이 세워졌는데 대치동, 목동, 상·중계동이 그것들이다. 소설가 이창동의 중편소설 「녹천에는 똥이 많다」는 상계동 아파트 입주가 시작될 무렵이 배경이니, 80년대 후반 노원구의 모습을 알고 싶으면 이창동의 소설을 읽어보아도 좋을 듯하다. "그들이 얻은 집은 이른 바 상계동 신시가지라 이름붙은 대규모 아파트 단지의 한쪽 끝에 위치하고 있었는데, 15층이나 되는 고층 아파트 맨 아래층 귀퉁이에 있는 집이었다. 맨 아래층 귀퉁이집이라는 것은 아는 사람은 다 알겠지만, 같은 동(棟), 같은 평수의 집 가운데서도 가장 집값이 떨어진다는 뜻이었다. 그러나 집값이야 어찌되었든, 중요한 것은 그의 집이 아내의 말마따나 '진짜 우리집'이란 사실이었다." 4호선 지하철이 개통되기 전 상·중계동 주민들은 녹천역에서 내려 중랑천을 가로질러 귀가했다고 한다. 그랬던 상·중계동에 수많은 아파트가 건설되면서 인구가 급증했고, 4호선 개통으로 상계역이 들어서면서 수락산 쪽에서 흘러내려오던 당현천의 물줄기는 끊겼다. 게다가 하천의 일부는 복개되어 도로와 교량 등으로 활용되었다. 과거에는 수락산 당고개에서 흘러 내려오는 물이 맑아서 아이들이 물장구를 치기도 하고 빨래하는 사람들의 모습도 볼 수도 있었다고 한다. 하지만 상계동 일대에 아파트 단지들이 들어서면서부터 당현천은 쓰레기, 벌레, 악취가 뒤섞인 흉물로 변해갔다.

2000년대에 접어들어 상황이 일변했다. 1988년 2월 대통령으로 취임한 노태우의 선거공약이 주택 200만호 건설이었던 것에서 알 수 있듯이, 산업화 시대의 서울 인구의 폭발적으로 증가했고 그에 따라 주택부족과 집값 폭등은 정부당국이 해결해야 할 심각한 문제 가운데 하나였다. 80년대의 신도시 건설은 이 문제를 해결하기 위해 제시된 것이었다. 그런데 2000년 무렵이 되면서 사람들의 관심사가 달라지기 시작했다. 이제 사람들은 단순한 주거공간이 아니라 근린공원이나 편의시설 등을 제대로 갖춘 쾌적한 생활공간을 원하기 시작했다. 집 주변의 공원에서 운동을 하거나 천변 등을 거닐면서 여유시간을 갖는 일상은 더 이상 부유한 지역에 사는 사람들의 전유물이 아니어야 했다. 그리고 지방자치제의 시행으로 인해 이러한 주민들의 욕구를 충족시키는 일은 지방자치단체의 몫이 되었다. 이러한 맥락에서 노원구청은 2007년 말부터 5년 6개월 동안 당현천을 '생태·문화·체육하천'으로 복원하는 사업을 시작했다. 2단계에 걸친 이 복원사업의 결과 상계역으로 인해 끊어진 물길이 연결되고, 당현천과 나란하게 산책로가 조성되었다.

'당현천길'은 상계역 불암교에서 중랑천 합류지점까지 당현천 구간에 조성된 산책로이다. 당현천(堂峴川)은 수락산 동막골에서 시작되어 중랑천으로 연결되는 중랑천의 제1지류로, 당고개에서 시작된 물은 중계동에서 마전내(수락산 기슭에서 발원하는 당현천의 지류로서, 중계동 벽산아파트에서부터 흘러 당현2교에서 합류되는 개천이다. 지금은 완전히 복개되었다.)와 합류하여 중랑천으로 흘러든다. 이 지역 주민들에게 당현천은 상계동과 중계동을 구분 지어 주는 자연적 경계선으로 인식되기도 한다. 당현천(堂峴川)이라는 이름은 물줄기가 시작 지점인 당고개가 한자로 당현(堂峴)으로 표기된 것에서 유래된 것이다. 지금은 서울지하철 4호선의 종착지, 수락산 등반의 시작점 등으로 더 유명하지만, '당고개'라는 지명은 미륵당이 있는 고개 밑 마을을 가리키는 것이다. 당고개역 부근에 위치한 한 아파트 입구에는 '당고개 성황당' 표석이 세워져 있는데, 거기에는 과거 사람들이 이 고개를 넘을 때 산짐승의 공격으로부터 몸을 보호하기 위해 돌을 들고 넘었고, 그 돌을 쌓아둔 곳이 성황당으로 변해 '당고개'라는 이름을 얻었다는 지명의 유래가 소개되어 있다.

당현천은 전국 최초로 물 순환형 친환경 하천으로 복원되었다. 당현천에 끊이지 않고 물이 흐르도록 만들기 위해서는 상당한 양의 물이 필요했을 것이다. '물 순환형'이란 마들역과 노원역 등에서 나오는 지하 배출수와 중랑천의 물을 당현천의 시작점인 불암교까지 끌어올려 다시 방류하는 방식을 의미한다. 발원지에서 시작되어 하류로 흘러내려가는 일방향적인 자연적 흐름이 아니라 기술의 힘을 이용하여 물이 순환하도록 함으로써 적은 양의 물만으로도 사철 끊이지 않고 물이 흐르도록 만든 것이다. 이 사업을 통해 당현천에 물이 흐르자 주변 풍경도 하루가 다르게 바뀌어갔다. 당연히 이 풍경의 대부분은 그곳을 찾는 사람들에 의해 만들어진 것이다.

어느덧 당현천은 노원구의 대표적인 도심 하천으로 자리를 잡았다. 당현천을 따라 상계동, 중계동, 하계동이 자리 잡고 있으므로 물줄기가 아파트 단지 사이를 가로지르며 흐른다고 이야기해도 거짓은 아니다. 이러한 입지조건으로 인해 복원 이후에는 매일 엄청나게 많은 주민들이 당현천을 찾아 시간을 보낸다. 당현천길은 크게 세 구역으로 이루어져 있다. 상류구간인 당현 2교부터 불암교까지는 '갤러리 당현'이라는 이름이 붙여져 있는데, 주변 아파트 단지로 인해 만들어진 콘크리트 옹벽과 수직석축에 갤러리 월(gallery wall)이 조성되어 있다. 중류구간인 당현 3교부터 당현 2교까지는 '워터파크 당현'이라고 불리는데, 이곳에는 수변무대, 어린이 전용 물놀이장과 징검다리 등이 위치하고 있어 가족 단위의 산책객들이 여유로운 시간을 보낼 수 있다. 실제로 산책을 하다보면 이 구역에서 물고기를 관찰하거나 물놀이를 즐기는 아이들의 모습을 자주 목격할 수 있다. 당현 4교부터 당현 3교에 이르는 하류구간에는 '그린에듀파크 당현'이라는 이름이 붙여져 있는데, 이곳은 어류나 새들에게는 서식처를 제공하고 창소년들에게는 생태체험 학습공간을 제공할 목적으로 만들어

졌다. 당현천이 친환경 하천으로 복원된 후 지역 주민들이 가장 신기하게 느끼는 풍경은 온갖 종류의 철새들이 이곳을 찾아와 인간과 공존하는 것이다. 실제로 당현천길을 따라 걷다보면 온갖 종류의 철새들이 무리를 지어 물위를 떠다니는 모습을 흔하게 목격할 수 있다. 그 가운데에도 여름에는 백로가, 겨울에는 청둥오리가 단연 사람들의 이목을 끈다. 한 신문기사에 따르면 당현천에는 조류만이 아니라 다양한 어류와 양서류들, 그리고 족제비 같은 포유류도 서식하고 있다고 한다. 몇 해 전에는 이곳에서 멸종위기 2급 보호종인 맹꽁이의 서식이 확인되어 화제가 되기도 했

는데, 이처럼 당현천길을 따라 걷다보면 불현듯 자연과 인간의 공존이라는 것이 상상 속의 일만은 아님을 몸으로 경험하게 된다.

3

당현천길은 산책로이지만 산책만을 위한 길이 아니다. 당현천길을 걷다보면 빠르게 달리는 사람이나 도란도란 앉아서 이야기꽃을 피우며 시간을 보내는 사람들을 자주 목격하게 된다. 요즘처럼 무더운 날에는 물놀이를 즐기는 아이들도 많이 눈에 띈다. 알다시피 산책이나 달리기를 위해서는 쾌적한 길 외의 다른 것이 필요하지 않다. 뿐만 아니라 산책과 달리기에는 연습이나 훈련을 통해 익혀야 할 규칙이나 훈련 같은 것이 없다. 누구나 배우지 않고 즉각 시작할 수 있고, 마음먹기에 따라 언제든 시작과 끝을 결정할 수 있기도 하다. 오래전부터 걷기나 달리기가 '자유'를 상징하는 행위로 간주된 이유는 속도를 마음대로 조절할 수 있었기 때문이었다. 도시화가 급격하게 진행된 대도시에서 '길'은 대개 교통수단을 중심으로 사고되는 경향이 있다. 사람들이 살아가는 공간, 인간의 편의를 위해 만들어진 길이 결국은 인간이 아닌 교통수단의 자유로운 흐름에 지배되는 것이다. 그래서 합리적으로 구획된 도시의 도로들은 도로로 이동하기에 불편한 경우가 많다. 이런 이유로 인해 도시인들은 자신의 주거지 근처, 즉 아주 가까운 곳으로 이동할 때에도 교통수단을 자주 이용한다.

그래서일까? 우리가 기억하는 집 주변의 풍경들은 대개 자동차 안에서 바라본 것인 경우가 대부분이다. 이처럼 인간과 풍경이 교통수단을 매개로 접촉하기 때문에 도시는 일반적으로 비(非)장소로 경험된다. '비(非)장소'란 장소가 아닌 장소, 즉 사회적 유대와 집합적 역사의 흔적을 읽을 수 있는 공간이 아닌 장소를 가리킨다. 그곳은 이동의 통로로 이용할 때조차 실존적인 느낌이 전혀 개입하지 않는 도구적인 장소이다. 이러한 장소는 인간에게 삭막한 느낌으로 다가오는데, 도시 특유의 그 감정은 꽃을 심거나 그림을 그린다고 금세 사라지는 것이 아니다. 반면 위에서 이야기한 행위들, 예를 들면 걷기, 뛰기, 물놀이, 담소나누기 등이 자유롭게 행해지는 공간은 인간에게 심리적인 안정감을 주기 마련이다. 최근 들어 당현천길을 찾는 사람이 부쩍 많아진 것도 이러한 안정감과 무관하지 않은 듯하다. 코로나 19는 사람들에게서 공적인 장소, 그리고 공간을 공유하는 경험을 빼앗아갔다. 최근의 팬데믹 상황은 영화를 보고, 쇼핑을 즐기고, 음식을 먹고, 이야기를 나누는 것 같은 공동행위를 제한하고 있으며, 특히 외출조차 자유롭지 못한 노약자들에게는 '자유'를 봉쇄당했다는 느낌을 주기도 한다. 당현천길은 이처럼 실내공간에의 접근을 제한당한 사람들이 비교적 심리적인 부담 없이 찾을 수 있는 대안공간으로 인식되고 있으며, 마스크를 써야 한다는 제한조건에도 불구하고 그나마 자유로운 느낌을 경험할 수 있는 대안적 장소로 주목받고 있다.

지금, 당현천길은 걷기, 뛰기, 말하기가 동시에 행해지는 새로운 제3의 장소로 부각되고 있다. 물론, 이곳이 아니더라도 걷거나 뛸 수 있는 장소는 많으며, 산책이 아니어도 우리는 매일매일 걸으며 살아간다. 하지만 산책로를 따라 걸어보면 안다. 걷는 행위에 집중하며 걷는 것과 출퇴근 시간에 지하철을 타기 위해 걷는 것이 물리적으로는 동일하지만 사실은 전혀 다른 행동이라는 것을. 산책, 즉 걷기를 통해 우리는 생각에 완전히 빠지지 않으면서 생각할 수 있다. 당현천길은 그런 사유의 가능성을 열어준다. 참고로 여름에는 산책로 중간 중간에 설치된 냉장고를 통해 생수가 제공된다. 그리고 당현천길의 끝은 중랑천으로 연결되며, 자전거를 이용하여 의정부에서 한강까지 달릴 수도 있다. 매년 가을(10~11월)에는 당현천길에서 노원문화재단이 주최하는 등축제인 '노원 달빛 산책'이 열린다.

2

노원의

문화를

걷다

생각이 생각의 손을 잡고 정답게

수락산 제8 등산로

구효서*(글·사진)

글이 막히면 수락산에 오른다.

쓰던 글이 고장 난 자동차처럼 퍼더버려 옴쭉달싹 안하면 체념의 한숨을 몰아쉬고, 노트북 컴퓨터를 덮은 다음, 등산화를 꺼내 신는다. 속 썩이는 소설을 외면하고 산길을 찾아드는 것이다. 나에게 수락산은 도피의 길이다.

하지만 나는 안다. 안 써지는 소설을 핑계로 산에 가고 싶은 것이다. 소설이 잘 써지면 산에 오를 수 없지 않은가. 그러니 조금이라도 소설이 애를 먹인다 싶으면 옳다구나 하고 쪼르르 집을 나서는 것이다. 버릇까지 속일 수는 없는 법. 산마을에서 태어나 자란 나는 산의 유혹에 약하다.

강화도 고향집 뒷문을 열면 그대로 별립산이었듯, 지금 살고 있는 상계동 1355번지 아파트의 현관을 열면 창밖이 그대로 수락산이다. 산밖에 없다. 집과 산과의 거리라는 게 아예 없어서 지나다니는 사람도 차량도 없다. 층층나무와 신갈나무들 사이를 휘젓고 다니는 것은 햇살과 바람과 새와 오소리가 전부

• 1987년 중앙일보 신춘문예 소설 당선. 동인문학상, 이상문학상 수상. 전업작가. 장편소설 『비밀의 문』 『랩소디 인 베를린』 등 다수.

다. 문 밖이 산인 셈이다.

주로 오르는 길은 수락산 제6, 제7, 제8, 제9 등산로다. 그 중 더 자주 오르는 길은 제8 등산로. 오늘도 배낭을 메고 당고개역에 이르러 10-5, 33-1 버스 정류장 채소가게에서 오이와 사과를 사고, 상계 3,4동 주민센터 앞을 지난다. 제8 등산로의 시작은 동막골이다.

〈웰컴 투 동막골〉의 동막골만 동막골이 아니다. 다음 포털 검색창에 '동막골'을 치면 전국의 동막골이 줄줄이사탕처럼 이어진다. 다는 아니겠지만 A부터 Y까지 25개의 동막골이 순서대로 지도에 표시된다. 그 중 A, 첫 번째가 상계동 동막골이다.

동막골이 그토록 많은 걸 보면 동막골은 고유명사라기보다는 언덕, 마을, 들판과 같은 일반명사에 가까운 단어일지도 모른다. 골은 골짜기, 막은 끝 간 곳, 동은 동네 정도의 뜻일 것이다. '더는 갈 수 없는 골짜기의 끝 동네'라는 뜻일 텐데 실제로 더 갈 수 없는 건 아니다. 마을길로서는 끝이지만 산길은 시작이니까. 동막골까지의 길이 달구지 오르내리던 살림살이의 길이었다면, 거기서 새롭게 시작되는 고즈넉한 산길은 사색의 길이라고 할 수 있지 않을까. 그 길을 오르다 보면 절로 사색에 빠져드니까.

'사색의 길'이라고 그럴싸하게 쓰고 있지만 그 길을 오를 때 정작 내 안에 일기 시작하는 것들은 '잡생각'이다. 오해 없기를 바라면서 말하건대, 소설가들은 이 잡생각을 매우 소중하게 여긴다. 소설가 은희경도 버스를 타거나 길을 걸을 때 하염없이 이어지는 잡생각 때문에 정신을 못 차릴 정도라고 고백한 적이 있었는데, 그 말을 듣던 다른 소설가들은 그녀가 부러워 정신을 못 차릴 정도였다.

굳이 말하자면 소설이란 잡학에 해당하기 때문이다. 잡학의 쓸모, 잡학의 효용을 소설만큼 멋지게 써먹는 분야가 또 있을까. 한때 유행했고 지금도 유행 중인 '알쓸신잡'의 여러 버전들도 잡학의 역설을 활용한다. 쓸모없음의 쓸모. 반계몽의 계몽. 일찍이 장자(莊子)가 쓸모없는 가죽나무의 쓸모를 이야기 했듯 소설가들은 천성적으로 '알고 보면 쓸데없는 신비한 잡학'에 꽂힌다. 정말로 쓸데없는 거라면 왜 신비하겠는가. 그것이 신비한 이유는 쓸데없어 보이지만 신기하고 신나게도 쓸 데가 많기 때문이다. 그러니 소설가의 잡생각만큼은 '사색'의 범주에 넣어줘도 되지 않을까. 오늘 또다시 오르는 수락산 제8 등산로를 그런 뜻에서 사색의 길이라고 해도 될 것 같다. 잡생각이 사색의 손을 잡고 정답게 오르는 길.

게다가 수락산은 우리나라 소설의 시조라고 할 만한 소설가 선배님이 '수락정사(水落精舍)'을 짓고 살던 곳 아니던가. 한글 소설로는 허균의 〈홍길동전〉이 처음이지만 한문소설까지 치자면 김시습의 〈금오신화〉가 우리나라 최초다. 인걸은 간 데 없지만 산천은 의구하여 김시습이 누비던 길을 오늘날 까마득한 후배가 오르니 감회가 남다를 수밖에 없다. 소설 따위는 '잡스런 글'이라하여 유생들이 멀리했지만 그런 식자들을 가소로이 여긴 김시습은 그들을 향해 보란 듯이 한 술 더 떠 아예 SF 로맨스 판타지인 〈금오신화〉 수류탄을 던져버린다. 수락산을 오르며 기꺼이 잡생각에 사로잡힐 만하지 않은가.

불암산과 수락산이 없는 노원구를 상상할 수 없다. 옛날식으로 말하면 노원구는 불암산과 수락산의 품에 안기어 두 산의 정기를 한 몸에 받는다고 할 수 있다. 옛날식이라고 말한 이유는 옛날에 만들어진 교가의 첫 소절에 대개는 인근의 산이 등장하고 그 산의 정기를 받아 배움의 전당을 세웠다는 내용으로 이루어졌기 때문이다. 내가 다녔던 고향의 강후초등학교 교가만 해도 '장엄한 별립산의 정기를 받아'로 시작된다. 해발 416미터의 별립산을 장엄하다고 했으니 638미터의 수락산은 확실히 장엄하다고 할 수 있지 않을까.

산의 높이나 산세로 장엄의 기준을 정하는 것이겠으나 최근 탄소중립과 관련한 이슈들을 접하면서 새삼 산소 자원으로서의 산의 장엄성에 대해 다시 생각하게 되었다. 한 대학의 환경연구팀이 실시한 대기 측정 결과에 따르면 주거밀집지역에 비해 근린공원지역의 이산화탄소 농도가 현저히 낮았으며, 그보다 훨씬 낮은 산림인접지역 저탄소 데이터에는 눈이 휘둥그레지지 않을 수 없었다. 아, 내가 이런 상큼한 곳에 살고 있구나. 저탄소 고산소! 이를 어찌 장엄한 수락산의 정기라 하지 않으리요. 제8 등산로 초입에 마련된 '수락산 유아숲 체험장'에는 마침 분홍색 원생복을 입은 일군의 어린이들이 정기 가득한 숲의 품에 안기어 새소리에 질세라 재잘재잘 큰소리로 떠들며 흙놀이를 하고 있었다.

유아숲 체험장 가까운 곳에 여느 지역에서는 보기 힘든 국궁장 '수락정'이

있다. 우리의 전통 활을 쏘는 곳. 조용한 가운데 이따금씩 딱, 하는 소리만 들린다. 시위를 떠난 화살이 아득히 날아가 커다란 나무판 과녁에 맞는 소리다. 사대에 선 궁사들에게서는 전장의 적을 쏘거나 짐승을 사냥하는 서슬이 조금도 느껴지지 않는다. 차라리 승무와 같은 춤사위거나 예법을 따라 치르는 의식처럼 보인다. 국궁은 양궁과 달리 각도와 거리와 힘의 관계를 수치로 계량화한 궁법이 아니라서 그럴지도 모른다. 국궁은 온몸과 온정신을 실어 당기지 않으면 안 되는 것. 궁도(道)란 그런 뜻일 것이다. 그래서인지 수락정에 들어서려면 '노마십가(駑馬十駕)'의 현판 밑을 지나야 한다. 순자(荀子)의 수신편(修身篇)에 나오는 글귀다. "준마의 하룻길을 둔마도 열흘이면 갈 수 있다."는 뜻으로 꾸준함의 덕목을 강조하는 말이다. 발시(發矢:활을 쏨)가 수렵이 아닌 수신이라는 뜻.

엄숙하기만 했던 것은 아니다. 화살이 날아가고 잠시의 적요 끝에 탁, 하고

명중을 알리는 소리가 계곡에 퍼지자 누군가 "좋아요, 머시써요!"라고 외쳤다. 돌아보니 한국말에 서툰 남부 아시아인 궁사였다. 사대에 선 사람들이 모두 미소를 지었다. 이처럼 제8 등산로는 시작부터 사색의 분위기다.

얼마 안 있어 다다르게 되는 장소가 송암사와 도안사라는 사찰이라서 더 그러하다. 길이 다소 가팔라서 천천히 걷게 되고, 대신 깔끔하게 정비돼 있어서 마음도 저절로 깨끗해지는 길. 행여 잠시 맘이 흐트러질라치면 "그대의 마음을 침착히 하며 화평 속에서 생을 살지니……"라는 스테인리스 간판이 숲속에서 반짝 고개를 내밀며 "그대가 단지 영원을 삼키는 한낱 그림자에 지나지 않는다면 무엇 때문에 슬퍼하고 괴로워하며 울고 있는가?"라고 말해준다. 현인의 그윽한 말씀들은 때로 무성한 산수국의 이파리 뒤에, 더러는 좀작살나무 그늘에 숨어 있다가 또다시 행인의 마음이 산란해질 때 쯤 귀신같이 나타나 우리의 흐트러진 걸음을 살펴준다.

화폐에도 양화가 있고 악화가 있듯이 잡생각에도 괜찮은 것과 괜찮지 않은 것이 있다. 권할 만한 잡생각이란 이런 것이다. 열심히 하면 할수록 나쁜 잡생각이 멀어지게 하는 잡생각. 선현들의 말씀도 나쁜 잡생각을 떨치는 데 도움이 되지만 때로는 이열치열, 이이제이의 방식도 괜찮다. 잡생각으로 잡생각을 잡는 것.

그럴 수 있다면 도안사의 긴 계단을 오르는 일도 힘들지 않을 것이다. "삼성전자 주식이 육 개월 째 그 자리인데 팔아 버릴까 말까." "이 돌계단은 왜 이리 가파르고 긴 거야?" 요런 잡생각은 걸음을 무겁게 하고

마음을 흩뜨리게 할 뿐이다. 그러지 말고, 계단 중간 중간 박아 놓은 잘생긴 맷돌들을 보며 "와, 이 귀한 걸 어디서 구해다 놓은 걸까."라고 생각하거나, 맷돌의 좁은 구멍에 날아와 뿌리내린 명아주를 보며 "기특하다. 너는 어디서 왔니?"라고 묻는 게 좋다. 이런 종류의 잡생각은 일찍이 소설가 박완서 선생이 즐겨 했던 방식인데 〈그 많던 싱아는 누가 다 먹었을까〉가 대표적이다.

도안사에서 실제로 겪은 괜찮은 잡생각의 예가 있다. 부처님의 모습은 인간과는 어딘가 다른 모습을 하고 있어야 한다고 해서 불상을 조성할 때 32가지의 모습과 80가지의 특징을 살린다. 말하자면 인간적 리얼리티를 줄이고 성인의 이미지를 부각시키자는 취지일 것이다. 그런데 도안사 본존불은 왠지 친근한 이웃의 모습을 하고 있다. 아니나 다를까, 여성 참배객 한 분이 곁의 동행에게 속삭였다. "최진철 같지 않아?" 2002년 월드컵 영웅을 말하는 것일 테지. 속삭였지만 다 들렸다. 동행은 살짝 고개를 젓더니 "최백호 같은 걸." 부담 없고 솔직하고 무해한 생각과 말들. 그런 잡생각들을 옆 사람에게 맘 편히 털어놓는 것도 참선의 일종 아닐까. 굳이 이름을 붙이자면 방담선(放談禪)?

최진철과 최백호? 나는 잠시 멈칫거렸다. 성씨가 같다는 것 빼고 두 사람의 인상에 어떤 유사점이 있는 거지? 찾다 찾다 찾을 수 없었다. 다만 도안사의 부처님이 최진철과 최백호 사이에 아득히 존재하는 무수한 스펙트럼의 인상들을 모두 포괄하고 있다는 뜻으로 받아들일 수는 있었다. 그러니까 저 얼굴은 우리 모두의 얼굴? 자자, 여기까지 이르면 잡생각이 사색이 되고 만다. 제8 등산로에서는 사색이 깊어지기 전에 얼른 자리를 옮기기로 한다. 사색은 진지하고 무거워 자칫 발걸음조차 둔해질 수 있으니까.

송암사와 도안사를 지나면 길이 없어진다. 거짓말이다. 없어지는 것처럼 갑자기 길이 좁아진다는 말이다. 좁아진다는 말도 적절치는 않다. 좁고, 굽고, 살짝 미끄럽고……. 그러니까 뭐랄까, 사람들의 발길이 비교적 닿지 않은 자연스럽고 소박한 길이 수줍게 나타난다고 해야겠다. 여행을 하다보면 어느 식당에서 무얼 먹을까 검색을 한다. 온라인에 소문난 맛집도 맛집이지만 우리는 가끔 '현지인이 찾는 식당'이 궁금해진다. 말하자면 도안사에서 시작되는 작은 산길은 나 같은 현지인이 알고 찾는 조용한 길이라고 할 수 있다. 잡생각을 풀어놓기엔 이런 길이 딱이다.

길이 미끄러운 까닭은 박석 때문이다. 메마르고 척박한 바위가 부서져 굵은 모래가 되니 미끄럼 타기에 좋은 길이 된다. 사람들의 오가는 발길에 풍화되어 대개는 요(凹)의 모습을 하게 되는데 시골 옛길에는 이런 모양의 고개가 많아 박석고개라고 불렀다. 커다란 바위가 모래가 되고 다시 고운 흙으로 환원되는 시간 단위를 우리 전통 사회에서는 1겁(劫)이라고 한다. 그 환원에는 비와 바람과 눈과 얼음이 작용하지만 사람의 발길도 비바람 못지않다. 우리의 작은 한 걸음 한 걸음이 1겁에 기여하면서 함께 하는 것이다. 생각이 이리로 가면 또 사색에 빠져버리고 만다. 하지만 어쩔 수 없다. 내내 잡생각과 사색이 손잡고 오르는 길이니.

박석의 풍화는 나무의 뿌리를 빠르게 노정시킨다. 겉으로 드러나게 한다는 말이다. 이 길을 걷다보면 뒤엉켜 땅 위로 한참이나 드러난 거대한 나무뿌리를 보지 않을 수 없다. 그 처절한 뒤엉킴을 보고 있자면 나무가 꿈틀거리는 동물인 듯한 착각에 빠지게 된다. 그만큼 직접적이고 절박하다. 그리고 우리로 하여금 알 수 없는 미안함과 죄책감에 빠지게도 하고, 그 늠름함에 숙연해지지 않을 수 없게 한다. 사력을 다해 바위를 그러쥔 나무뿌리들을 보면 작은 일에도 엄살을 떨며 쉽게 포기하던 버릇이 절로 부끄러워질 수밖에 없다. 정말로 흙 한 줌 없는 바위 한 가운데서도 의연한 모습으로 수십 성상을 견디는 불가

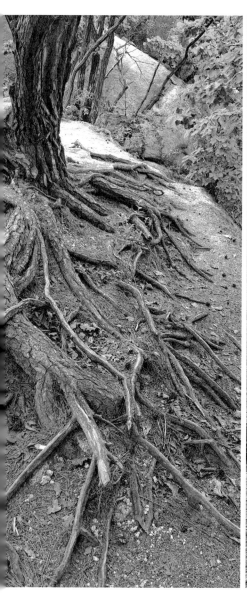

사의한 나무가 수락산에는 너무도 많은데, 그 중 '하강바위' 오른 쪽 홀로 선 소나무는 특히 더 외로우면서도 생의 의지가 투철해 보여, 경건하고 의젓한 것을 넘어 서늘하게 아름답고 아름답다. 무조건 절하고 싶을 만큼.

내처 하강바위까지 오르려다 보면 중간에 곰바위를 자칫 놓치게 된다. 이번에는 놓치지 않았다. 멀리서 온 듯한 등산객들의 사투리가 재미있었기 때문이었다.

"맞다 아이가. 곰이네. 여기서 이레에 보이 곰 맞네."

"치아라 마. 하마 아이가. 엉덩이 바라. 하마다."

"물범이고마는. 엉덩이가 아이라 지느러미인기라."

소름이 돋았다. 곰에서 물범까지라니. 도대체 저 바위는 어쩌자고 그 넓은 스펙트럼을 넉넉하게 한 몸으로 커버하며 수락산을 지그시 끌어안고 있다는 말인가. 그렇담 저 바위도 부처? 아찔해져서 얼른 사색의 올무에서 벗어났지만 나도 모르게 절을 해 버리고 말았다는 걸 절을 하고 나서야 알았다.

수락산 제8 등산로는 그런 길이다. 잡생각으로 잡생각을 떨치며 오르다보면 어느새 기분이 맑아지며 그리운 것들을 그리워하게 된다. 눈이 부시게 푸르른 날은 그리운 사람을 그리워하자고 했던 게 미당이었던가. 4월은 진달래 먹고 물장구치던 깨복쟁이 시절을 떠올리게 하고, 5월은 아카시꽃 훑어먹으며 주린 배를 채웠던 가난한 유년을 생각나게 하며, 6월의 보랏빛 싸리나무 꽃은 그 어린 순을 뜯어 된장에 무쳐먹던 누님들을 그립게 한다.

기름진 땅이 아닌 박석의 모랫길 위에 떨어진 숱한 산버찌와 솔방울들을 한동안 안쓰럽게 바라보는 것, 다른 수종들에 비해 매우 드물게 눈에 띄는 산딸나무 흰 꽃의 외로움을 가만히 짐작해 보는 것도 6월의 이 길을 걸을 때 빼놓을

수 없는 일이다. 그리고 치즈구멍처럼 숭숭 뚫린 바위들, 도솔봉과 치마바위 사잇길에 형성된 반려암, 평평한 바위에 매미 모양으로 콕 박힌 전혀 다른 종류의 암석을 보면서는 수락산에 깃든 수천만 년 지구의 시간을 떠올린다. 백년 도 살기 어려우면서 욕심은 혹시 수락산보다 컸던 적은 없었는지.

정상에 올라 건너편 불암산을 바라볼 때도 기암들의 향연에 못내 숙연해지 지만 아직 내려갈 일이 남아 있으므로 가벼이 몸을 추스르기로 한다. 그럴 때 는 당고개역 채소가게에서 사 온 사과와 오이가 최고다. 하산을 위한 기분 전 환. 이러려고 사 온 것이니까. 우선 오이부터. 양쪽 끝을 단단히 잡고 하나 둘 셋 호흡에 맞춰 공중에서 힘껏 꺾는다. 해 본 사람은 알 것이다. 툭, 소리와 함께 오이의 향이 얼마나 상큼하게 흩어져 퍼지는지를. 산속에서 오이와 사과를 베어 물면 그 짙은 향이 천리라도 갈 것 같다.

 산을 오르내리며 생각한다. 사색이든 잡생각이든 다 사람이 하는 일이지만 사람 혼자서는 될 일이 아니라는 것을. 이런저런 생각을 글로 적는 직업을 35년째 이어가고 있다. 줄기차게 생각하는 버릇은 아마도 왕복 20리 초등학교 그 길고 지루한 등하교 길에 생긴 건 아닐지. 생각은 인간이 하는 거겠지만 인간으로 하여금 생각하지 않을 수 없게 하는 환경이란 것도 중요하지 않을까. 오래 전 나에게 20리 등하굣길이 있었듯 지금은 수락산 길이 있는 것이다.
 올라온 길을 다시 되짚어 내려간다. 혹시나 올라올 때 못 본 꽃이라도 있을까 봐.

화랑로 플라타너스 터널 : 걷다 보니 뇌가 좀 촉촉해짐

박금산[•]

영혼이 탈탈 털린 날에 길을 나선다. 탈탈 털렸다는 표현은 인터넷에서 사생활이 악의적으로 공개되었을 때 쓰는 말 같은데, 영혼이 털렸다고 하니 상황이 그렇게 좋지는 않은 것 같다. 그렇지만 매우 나쁨 단계는 아니다. 뭘 좀 잘해보려다가 이렇게 됐다.

문예지《영화가 있는 문학의 오늘》여름호에「엄청나게 매우 위험한 일」을 써서 보내고 그야말로 뇌에서 물기가 완전히 사라졌다. 버석거리는 소리가 들리고 뒤통수 부분에 다리미를 들이댄 것처럼 열이 오른다. 머리에 과부하가 걸린 것이다. 혈압도 오르고 스트레스도 치솟았다. 아, 탈탈 털린 것 같아!

봄에「멍청아, 핵심을 보란 말이야」(《문학수첩》),「우리는 이렇게 외롭지 않아요」(《문학인》) 두 편을 발표한 후 시간을 많이 벌지 못했다. 봄호 마감을 끝내고 바로 여름호로 들어가야 하는 상황이었다. 그런데 놀아버렸다. 써놓은 소설이 있으니 괜찮을 것이라 생각했다. 날짜가 슬슬 다가왔다. 보내기만 하면 된다고 생각한 소설을 들여다보았다. 읽으면 읽을수록 앞뒤가 맞지 않아 얼굴

• 2001년〈문예중앙〉신인문학상으로 등단. 서울과기대 문창과 소설창작 교수. 장편소설『남자는 놀라거나 무서워한다(2020)』외 다수.

이 화끈거렸다. 도저히 보낼 수 없었다.

　새로 쓰기 시작했다. 「멍청아, 핵심을 보란 말이야」, 「우리는 이렇게 외롭지 않아요」와 연결되는 분위기가 된다면 좋을 것 같았다. 젠더, 페미니즘, 정의, 연대, 이런 것이 키워드였다. 어려운 테마였다. 아파트 엘리베이터에 붙은 공고문을 본 사람이 공고문에 들어 있는 폭력의 구조와 정치적 올바름 문제에 꽂혀 젠더 정의를 위해 무언가를 도모한다는 내용이 되어가고 있었다. 수많은 검열로 언어를 선택해야 했다. 그러느라 탈탈 털리는 심정이 되었고, 다시는 어떤 소설도 못 쓸 것 같은 불안감이 들었다. 진행은 더뎠다. 지면을 편집하는 소설가 김종광 형으로부터 '금산 씨, 혹시 마감을 잊어먹고 있는 것 아닌지 확인차 메시지 보냅니다'라는 문자메시지를 받은 상태가 되었다. 마감을 재촉하는 메시지를 받아본 적 없을 정도로 날짜를 잘 맞추어왔는데 이번에는 그리 못 살았던 것이다. 김종광 형의 친근하고 사려 깊고 농담 섞인 독촉을 받고 보니 '펑크 내겠습니다'라고 대차게 나갈 수도 없었다.

　마감과 관련하여 다른 선배 작가의 이야기를 해보자. 단편소설 「멍청아, 핵심을 보란 말이야」가 수록된 《문학수첩》 지면을 확인하다가, 구효서 선생님이 샤워 기법이라는 독특한 발상법을 소개하는 것으로 창작노트 지면을 가득 채운 글을 읽었다. 선생님은 무조건 시작해 놓고 어떻게든 끝낸다는 것이 마감에 임하는 비법이라고 하는데 시작이 안 되면 샤워를 하고, 샤워를 하면 시작이 된다고 했다. 만사가 샤워로 해결된다는 식이었다. 소설의 영감과 모티프가 샤워를 하는 동안 메모를 하기 어려운 상황에서 찾아온다는 것이다. 비눗방울로 눈앞이 어지러울 때와 같은 경우 말이다. 잽싸게 메모를 한 다음 소설을 쓰기 시작한다고 한다. 하루에 몇 차례 영감을 마중하기 위해 샤워를 반복하는 경우도 있다고…….

샤워를 하면 글감이 하늘에서 떨어진다. 얼마나 좋겠는가. 평소 소위 말발이 장난 아닌 분이다. 그러니 그것이 전부일 수 없다. 재미있으라고 하는 소설가의 말을 모두 곧이곧대로 믿는 바보가 어디 있는가. 구효서 선생님은 재미삼아 몇 개의 일화를 이야기했는데 어리숙한 나는 그것이 전부인 것처럼 속았다. 말발에 넘어간 것이다. 어쨌든 원고를 마감하고 다시는 소설을 쓸 수 없을 것같아 허전한 마음이 드는 것은 어느 작가나 자주 경험하는 일인 것 같다.

길을 나선다.

앞에서 구효서 선생님의 글을 이야기한 것은 우연히 그분이 하응백, 장은수 선생님과 함께 책『노원을 걷다』의 기획위원이기도 하고 내가 교수로 근무하는 서울과기대에서 가까운 곳에 사시기에 사석에서 동네 이야기를 한두 번나눈 적 있어서 실마리로 삼고 싶었기 때문이다. 노원에 사시는 다른 기획위원 장은수 선생님으로부터 기획의도를 듣고 장소를 고르라는 말을 들었을 때 "육사 앞 플라타너스로 할게요."라고 말씀드렸다. 주저하지 않았다. 고향 여수에 있는 몇 군데 길 빼고는 그 길을 가장 좋아한다. 여름에는 무성함이 좋고 가을에는 푹신해서 좋고 겨울에는 우람해서 좋고 봄에는 싱그러워서 좋은 길이다. 열대 원시림으로 여행갔을 때도 나는 육사 앞 플라타너스를 떠올렸다.

뒷머리에 올라온 다리미판을 식히기 위해 걷는다. 말라버린 뇌에 바람을 넣어야 한다.

지하철 화랑대(서울여대)역 4번 출구에서 경춘선숲길 표지를 보며 화살표를 따른다. 지하에서 지상으로 올라서자 흥분되기 시작한다. 대형 민항기 활주로처럼 넓은 도로 곁으로 플라타너스가 우람하게 서 있다.

처음 서울과기대에 강의를 나왔을 때는 공릉동을 가로지르는 기찻길로 경춘선 열차가 다녔다. 열차가 지나갈 때가 되면 띵 띵 띵 띵 소리가 울리면서 차단기가 내려왔다. 사람들은 차단기 앞에서 열차를 기다렸다가 그것이 지나가면 뒤꽁무니를 보면서 길을 건넜다. 그 구간이 폐쇄되고 숲길이 조성되었다. 기차가 다니지 않자 기찻길은 무척 넓었다. 주택을 지을 수도 있는 너비였다. 동료 교수가 경춘선 폐부지 활용 방안 디자인 자문위원으로 참여했다. 숲길과 공원을 조성하기로 결정했다는 말을 들을 때만 해도 나는 이 길이 이렇게 예쁘고 좋을 것이라고는 기대하지 않았다.

서울과기대가 있는 공릉동을 중심으로 숲길 공원을 농담 삼아 공트럴파크라고 부른다. 뉴욕의 도심공원 센트럴파크를 패러디한 것이다. 레일이 보존된 철길 옆으로 자전거 길과 걷기 길이 나란히 놓여 있다. 멋진 카페가 생겼고 음악이 흐르고, 사철 꽃이 핀다. 걷는 사람들로 언제나 붐빈다.

육사 앞 플라타너스 터널을 향해 걷는다.

화랑대 폐역에 도착한다. 지하철 6호선 화랑대(서울여대)역과 구분하기 위해 그렇게 불린다. 폐쇄된 역을 구에서 문화 공간으로 바꾸었다. 작은 트램 열차로 도서관과 극장을 꾸몄다. 플랫폼과 역사는 그대로 보존한다. 화랑대역은 성북역과 퇴계원역 사이에 있다. 플랫폼 철로에는 무궁화호 객차와 근대 유물 증기기관차가 정차되어 있다. 소위 말해 감성이 작렬한다.

나는 콘크리트 플랫폼에 발을 딛고 철길이 뻗어나간 방향을 바라본다. 그리고 9월을 떠올린다. 재작년에 십대인 아들 S가 미국의 미네소타로 떠났을 때였다. S는 자기 길을 개척하기 위해 고등학교를 골라 떠났다. 유학비가 없다고 했더니 서울에서 대입 학원에 다니는 비용만큼의 돈으로 다닐 수 있는 미국 고등학교를 수소문했다. 설마 싶었다. 그런데 전화를 걸고 인터뷰를 하고 원서를

넣고 하더니 덜컥 가버렸다. 황당하지만 막을 수 없었다. 나는 S에게 고등학교를 졸업하고 20대가 되어 믿을 만한 나이가 되었을 때 안정적으로 가면 오죽 좋겠냐고 꼬드기고 설득했다. 그래도 S는 가버렸다. 십대의 심장에는 새로운 길에 대한 열망만 가득했다. 아버지라는 게 뭔지 몰랐던 나는 아침에 일어나면 방에 없는 것이 허전하고, 침대에 누워 잘 때가 되면 낮과 밤이 바뀐 먼 나라에서 낯설게 몸을 적응하면서 하루를 보내는 S가 눈에 밟혀서 잠을 뒤척였다. S가 빠진 채 세 식구가 저녁밥을 먹을 때면 모두 S 얘기만 했다.

학교에서 혼자 점심을 먹다가 S가 생각났다. 허전한 마음에 자전거를 타고 숲길로 밟았다. 전력질주하고 싶었다. 육사 앞 플라타너스길로 가면 시원한 길이 있다. 원시림처럼 우람한 그늘이 있다. 자동차처럼 빠르게 패달을 밟을 수 있는 활주로가 있다. 나는 미숙한 아버지의 마음을 달래기 위해 패달을 밟았다.

전화기에서 벨이 울렸다. 자전거를 탈 때는 알림 모드를 진동에서 소리로 바꾸었다. 혹시나 찾는 일이 있을까 싶어서다. 영상통화가 걸려왔다는 신호를 듣고 자전거를 세웠다. 발신자는 S였다. 가슴이 콩닥거렸다. 저절로 미소가 번졌다. 음성통화든 영상통화든 내가 먼저 걸었으면 걸었지 그쪽에서 먼저 걸어오는 적이 없었다. 통화가 걸려왔다는 사실이 나를 흥분시켰다. 기절할 정도로 반가웠다. 냇가에서 손아귀에 담은 맑은 물이 빠져나가지 못하도록 애지중지하는 것처럼 조심스럽게 전화기를 들고 통화 버튼을 눌렀다. 헬멧을 쓴 상태로 통화를 수신했다. 무슨 내용으로 어떻게 대화를 시작했는지 모르겠다. 뇌리에 박힌 S의 첫 마디는 이것이다.

"아빠, 어딘데 배경이 그렇게 좋아?"

나는 뒤를 돌아보았다. 화랑대 폐역 근처였다. 억새와 가을꽃과 플라타너스가 뒤에 있었다. 대화가 흘러갔다.

"응, 서울."

"서울 어디?"

"노원."

"노원이 그렇게 좋아?"

"응. 이렇게 좋네. 큭큭. 사람들이 공트럴파크라고 불러."

우리는 시답지 않은 수다를 떨었다.

이제 용건이 기억난다. S는 아마도 랩톱컴퓨터를 살 테니 돈을 부칠 수 있느냐는 내용을 확인하기 위해 전화를 걸었던 것 같다. 정착을 위해 필요한 물건이었다. 컴퓨터는 미국에 도착해서 사는 게 더 경제적일 거라고 정했기 때문에 달러를 부치는 것은 약속된 일이었다. 용돈을 조금 더 얹어 주겠다는 말을 하자 S의 얼굴에 웃음이 활짝 폈던 것 같다. 배터리가 방전될 때까지 얼굴을 보면서 대화했다.

1년 뒤 S는 귀국했다. 코로나에 얻어맞았다. 감염되었다는 뜻이 아니다. 감염 위험을 견디지 못하고 집으로 왔다. 상황이 종료되면 돌아갈 계획이었다. 온라인으로 미국 학교 수업을 듣다가 전염병 상황에 대한 예측이 불가능해지자 노선을 변경했다. 한국의 고3이 되기로 했다. 고3이라니! 정말 속된 말로 답이 없는 결정이었다. 내신 성적을 딸 수도 없고, 정시를 위해 수능을 준비하기도 만만치 않은 상황이었다. 단편소설 한 편을 마감하고 영혼이 탈탈 털린 나에 비하면 이미 진작 기진맥진한 상태가 되었을 법하다. S는 그런 시기를 보내고 있다.

걷다보니 뇌가 좀 촉촉해지는 것 같다. 『노원을 걷다』에 수록할 글을 생각하며 걷는다. 화랑대 폐역에서 갈매역 방향으로 걷는다. S가 미국에 있을 때는 자전거로 달렸던 길이다. 영혼을 정비하고 싶어서 걷는다. 걷는 길 옆으로 자전거 도로가 나 있다. 걷기와 자전거 타기는 서로 방해하거나 방해받지 않는다. 하늘은 플라타너스 지붕이다. 오른쪽으로 육군사관학교 영내가 내려다보인다. 군과 민의 경계에 이렇게 허물이 없어졌다. 박정희 군사정권시절에 만들어졌다고 한다. 그 시절의 경비태세와 비교할 것이 못된다. 어떤 신문기사에 의하면 육군사관학교 자리에 대규모 뉴타운이 조성될 것이라는 계획도 있다고 한다. 들여다보이는 육사 운동장에는 잔디가 싱그럽다.

'태능선수촌이야? 태릉선수촌이야?'

'태능갈비야? 태릉갈비야?'

'태능이야? 태릉이야?'

이런 지역이 나타난다. 태릉이 맞을까, 태능이 맞을까? 표기법에 맞는 것은 태릉이다. 그러니까 태능선수촌이 아니고 태릉선수촌이다. 태능갈비가 아니고 태릉갈비이다. 태능이라고 적거나 읽는 것이 익숙하다 할지라도 그렇게 사용하는 것은 '잘못'이라고 국립국어연구원에서 규정해 놓았다. 온라인 가나다에서 태릉, 태능을 검색하면 나온다.

태릉은 무덤이다. 무덤의 주인은 조선 중종 사후에 한동안 '여왕'이었던 문정왕후(중종의 세 번째 왕비)이다. 원형이 잘 보존된 능이다. 월요일을 제외한 요일 낮 시간에 개방된다. 누구나 들어갈 수 있다. 태릉이라는 무덤이 랜드 마크가 되어서 지역 명칭을 이끌었다. 이 지역에 국가대표 훈련장을 지었으므로 이름이 태릉선수촌이 되었다. 태릉 능역에 들어서면 평온한 숲을 맞이할 수 있다. 이 근방은 어디나 숲이 좋은데 능역의 숲은 자동차 지나가는 소리가 플라타너스로 차단되어서 대단히 고즈넉하다.

태릉에도 추억이 있다. S가 다섯 살 때에 우리는 능역으로 손을 잡고 들어

가 홍살문에서 제실까지 이어진 진입로에서 낙엽을 이불 차듯이 밟으며 뛰어
놀았다. 얼굴보다 더 큰 플라타너스 잎이었다. 눈밭에서 놀듯 낙엽 속에서 놀
았다. 폴더 폰으로 사진을 찍은 기억이 난다. 추억은 잊히지 않을 것이다. 내 머
릿속의 S는 갈색 바탕에 직선 스트라이프가 베이지색으로 들어간 코트를 입고
있는 아이이다. 지금은 나보다 훨씬 크지만 그때로 돌아가면 키가 내 허리에도
미치지 못한다.

걷다보니 자동차 도로 건너편에 태릉선수촌과 태릉국제아이스링크가 보인
다. 운동선수라면 한번쯤 입소를 꿈꾸는 국가대표 훈련장이다. 올림픽 무렵이
되면 언론에 엄청 자주 나오는 곳이다. 아나운서들은 태능선수촌이라 발음하
기도 하고 태릉선수촌이라 발음하기도 한다. 그래서 사람들은 태능이야, 태릉
이야? 한다. 태릉을 딴 갈비집이 전국에 많은데 어떤 갈비집에는 태능갈비, 어

떤 갈비집에는 태릉갈비라는 간판이 붙어 있다. 선수촌은 입구 경비가 삼엄하다. 비밀 훈련이 진행 중일 것이다. 들여다볼 수 없다. 대신 옆에 있는 태릉국제 아이스링크는 일반인에게 개방된다. S와 나? 물론 그곳에서 스케이트를 타본 적 있다, 국제 규격 스케이트장에서 스케이트를 타는 기분은 동네 스케이트장에서 타는 것과 미끌림 자체에 대한 느낌을 다르게 받는 법이다. 입장료도 거의 공짜처럼 저렴하다. 그러니 어찌 그곳을 좋아하지 않을 수 있겠는가. 화랑로의 플라타너스 터널을.

터널 중에서 내가 특히 좋아하는 구간은 서울여대 정문에서부터 태릉선수촌 정문까지이다. 중간에 조선시대 능인 태릉이 있고, 태릉사격장, 태릉국제아이스링크가 차례로 있다. 근처 식당에 가면 태릉선수촌을 거쳐 간 국가대표 사진이 홍보용으로 걸려 있다. 예를 들면 도마 선수 양학선이 엄청 수줍은 표정으로 당시의 코치진과 함께 식당 주인 곁에서 찍은 사진이라든가……. 6호선과 7호선이 만나는 태릉입구역에서부터 아름드리 플라타너스가 하늘을 찌를 듯 서 있는데 유독 그곳이 무성하다.

차를 타도 좋고 저전거 패달을 밟아도 좋고 걸어도 좋다. 국가대표 플라타너스 길이다. 서울에서 가장 아름다운 낙엽 길로도 알려져 있다. 서울의 동쪽 바깥에서 서울로 진입할 때, 서울에서 동쪽 바깥으로 나갈 때 드나드는 길이다. 우람하기가 이루 말할 수 없다. 강원도 쪽에서, 충청도 쪽에서 지친 몸을 끌고 들어올 때 멀리서 플라타너스 터널이 보이면 다 왔구나, 하는 안도감이 든다. 길이 좋아 드라이브를 하기도 하는데 봄에는 가로수 정비업체에서 사다리차를 타고 플라타너스가 하늘로 너무 높게 치솟지 못하도록 톱으로 단발을 하는 모습이 눈에 들어온다. 여름이 되면 언제 단발이었는지 기억나지 않을 정도로 푸르게 무성해진다.

걸어보아야 이 구간의 터널이 왜 다른 곳보다 우람한지 알 수 있다. 차 안에서는 볼 수 없는 것이 있는데 그것은 플라타너스가 겹으로 서 있다는 사실이다. 대개의 가로수는 도로를 기준으로 양 옆에 한 줄로 도열해 있다. 마치 벽인 것처럼. 그런데 이 구간을 걷다 보면 도로는 넓은 강이고 인도는 강을 따라 나 있는 강둑처럼 느껴진다. 강둑에 내가 걸어가고 나를 위해 플라타너스가 두 줄로 도열해 있는 것이다. 플라타너스는 도로를 위한 것이 아니고 나를 위한 것이다. 건너편의 인도 역시 마찬가지이다. 겹줄 테두리를 떠올리면 좋겠는데 6차선 자동차 도로 양옆에 플라타너스가 겹줄로 서 있다. 그것도 두 팔을 한껏 뻗어도 안아지지 않는 우람한 나무들이 말이다. 어떤 조경사가 그런 기획을 했는지, 나무 입장에서 본다면 어깨를 맞댈 수 있는 친구가 있어서 편안한 배치인 것 같다. 한 줄로는 그렇게 우람한 터널을 만들 수 없다.

그중 한 나무 밑에서 이 글을 쓰고 있다. 글이 끝나면 시원한 흑맥주를 마실 생각이다. 플라타너스 길이 끝나가는 지점에 태릉성당이 있고 그 근처에 바네하임이 있다. 바네하임은 요즘 말로 블루어리 하우스, 수제 맥주집이 드물던 시기에 거의 최초로 영업을 시작한 것으로 언급되는 수제 맥주 전문점이다. 맥주와 피자와 소시지가 좋다. 무엇보다 가격이 착한 점이 장점이다. 나는 도우가 얇은 기본 피자를 좋아한다. 라거와 애일은 컨디션에 따라 골라 마시고, 대체로는 흑맥주를 마신다. 지정학적으로 맥줏집이 있을 것 같지 않은 곳에 '문득' 있어서 늘 새로운 느낌을 받는 곳이다. 주차장이 좁다는 것을 빼면 거의 완벽하다고 생각한다.

맥주는 글이 끝나야 마실 수 있으니 일단 글을 끝내기로 하자.

몇 해 전 문예지 《대산문화》를 통해 소설가 이문열 선생을 인터뷰한 적 있다. 잡지 편집자와 대학생 현장실습생을 서울과기대에서 만나 출발했다. 서울

을 빠져나가기 위해 서울여대 앞을 지날 때였다. 동행한 현장실습생은 그 학교에 재학 중이었다. 내가 분위기 전환을 위해 화랑대역이 왜 화랑대역인지 아느냐고 물었다. 그분은 내 질문에 모른다고 대답했다. 나는 웃으면서 화랑대가 육사의 별칭이라는 것을 알려주었다. 그분은 처음 듣는 말이라 했다. 몇 해 후 그 학교를 졸업하고 나의 대학원 제자가 된 학생이 있다. 전혀 관계가 없는 두 분인데 화랑대역의 화랑대가 무엇인지 모른다는 점에서 공통적이다. 제자인 학생도 왜 화랑대역인지 모른다고 했다.

그 제자가 몇 주 전 소설 주인공을 묘사하는 데에 자료로 쓴다면서 "선생님은 위로를 어떻게 받으세요?"라고 물었다. 「엄청나게 매우 위험한 일」을 쓰느라 정신이 탈탈 털리던 무렵이었다. 나는 이렇게 대답했다. "위로? 위로가 필요해야 위로를 받는 거지. 언제 위로가 필요한지 모르겠네." 제자가 말했다. "아 그렇군요. 위로는 위로가 필요해야 받는 거군요. 일단 위로가 필요한 사람이어야겠네요. 저도 제가 언제 위로를 필요로 하는지 모르겠네요. 큭큭." 그 뒤로 어떤 소설을 어떻게 쓰고 있는지 알려주지 않아서 아직 원고의 안부를 묻지 못했다.

사실 나는 위로라는 말에 조금 회의적인 편이다. 가령 소설이 망작이 되는 경우 누구로부터 어떤 위로를 받을 수 있을 것인가. 고통은 혼자 극복하는 것이라고 생각하는 편이다. 그리움이나 상실감 역시 마찬가지이다. 위로라는 것은 말로든 행위로든 위선으로 비칠 가능성이 크다고 믿는 쪽이다. 정말 위로를 하고 싶다면 그냥 곁에 있으면서 원할 때 말을 들어준다면 그것이 가장 큰 위로가 아닌가 생각한다. 그 말을 하기 싫어서 제자에게 나는 위로가 필요치 않은 사람인 것처럼 말했다. 그런데 생각해 보면 이렇다. 누군가 무언가에 대해 보고 싶고 그립다고 말할 때에 그냥 고개를 끄덕이면서 동의해 주는 것, 그런 것이 위로가 아닐까 생각한다. 그래서 함께 사는 삶이 필요하고 소중한 것 아닌가 생각한다.

폭력과 재앙을 떠올리면 그렇지 않다. 위선으로 비칠지 몰라도, 당신을 위로하고 싶어요, 하고, 적극적으로 다가가 함께 아파하는 노력이 필요한 것 같다. 세월호, 미얀마, 오일팔, 사삼, 콩고 화산 폭발……그 사태를 겪은 슬픔에 대한 위로는 가만히 곁에 있어주는 것만으로 되지 않는다. 결코 될 수 없다. 가만히 곁에 있는 것으로 묵묵히 위로가 되는 슬픔이 있는가 하면, 함께 슬프도록 애쓰고 노력해서 슬픔을 체화하고 공감하는 것이 위로에 꼭 필요한 과정인 고통이 있다. 길과 나무에게서 받을 수 있는 위로가 있는가 하면 그 존재로부터는 받을 수 없고 오로지 사람으로만 받을 수 있는 위로가 있는 것이다. 가느다란 위로가 있는가 하면 우람한 위로도 있는 것이다. 그렇다면 슬픔에 따라 위로의 방식과 내용이 달라지는 것이다.

어떤 슬픔인지에 따라 다를 것 같아.

다음에 제자를 만나면 말해주고 싶다.

도로에서는 차가 씽씽 달린다. 인도에서는 플라타너스가 겹으로 터널을 만들고 있다. 우람한 플라타너스에 기대어 앉아 맥주를 생각하던 나는 다음에는 위로에 대해 글을 써야겠구나 하고 계획한다. 탈탈 털렸다고 생각했는데 저절로 영혼이 충전되었음을 느낀다. 또 청탁이 오면 좋겠다. 팽이는 쳐야 돌고 마감 없이 원고 없다. 작가로서 내가 마감에 대해 가지고 있는 좌우명이다. 이런 길이 있으니 나는 얼마나 다행인가. 나의 글이 누군가에게 위로가 된다면 좋겠다.

도서관 가는 길

장은수[•]

노원에는 규모 갖춘 도서관이 열 곳 있다. 노원도서관, 노원어린이도서관, 월계도서관, 상계도서관, 불암도서관, 공릉 청소년 화랑도서관, 공릉도서관, 한내지혜의숲도서관, 향기나무도서관, 월계어린이도서관이다. 여기에 '사람 책 도서관'인 '휴먼북 라이브러리'가 있고, 여기저기에 작은 도서관 스물네 곳도 있다. 지역사회에 충분히 개방되어 있지는 않으나, 광운대학교, 삼육대학교, 서울여자대학교, 서울과학기술대학교, 육군사관학교, 한국성서대학교, 인덕대학교 등의 대학 도서관도 일곱 곳 있다.

지난 4월 《노원신문》에 따르면, 2020년 말 현재, 노원구 구립 도서관은 종이책, 전자책, DVD 등을 합쳐서 모두 65만여 개 자료를 소장 중이다. 2020년 신규 자료만 9만 개다. 교육청에서 운영하는 협력 도서관과 작은 도서관까지 합치면, 적지 않은 장서량이다. 노원구민 52만 3000명의 57.4%인 총 30만 명이 회원으로 가입해 있고, 131개 독서 동아리가 있으며, 책 관련 프로그램은 총 1337회, 한 해 대출량은 47만 권이다.

• 읽기 중독자. 문학평론가. 민음사 대표이사, 한국문학번역원 이사 역임. 저서로 『출판의 미래』 『같이 읽고 함께 살다』 등이 있으며, 『기억 전달자』 『고릴라』 등을 우리말로 옮김.

　솔직히 책이 아니라 자료란 말을 쓰는 것은 마뜩잖다. 어린이도서관의 애니메이션 DVD 대출이 적지 않다는 것을 알지만, 넷플릭스, 왓차 등 OTT 시대에, 희귀 자료가 아닌 한, 도서관에 DVD가 있다고 일부러 찾을 법하지는 않다. 구색 갖추는 식으로 운영하는 것보다 드라마, 영화, 애니메이션, 공연 등 영상 전문 자료관을 따로 만드는 게 더 낫다고 생각한다.

　같은 맥락에서 시대 변화를 좇는다고, 도서관 정식 명칭이 정보도서관 또는 정보문화도서관이 된 것도 흡족지 않다. 전자책이나 오디오북은 당연히 갖추어야 하겠으나 그건 정보가 아니라 책이다. 어떻게든 시대의 첨단을 좇아야 한다는 강박증이 '정보'라는 말을 구걸하게 만든다. 물론 책은 정보의 한 부분이나, 질적인 면에서 이를 뛰어넘는 정체성이 있다. 정보는 부분적, 단편적이지만, 책은 맥락과 체계를 갖춘 완결성과 전체성을 특징으로 한다. 일정 길이 이상이어야 한다는 형식 요건은 이러한 특성의 반영이다. 책 문화에만 집중해도 충분하다는 느낌이다.

온수근린공원을 끼고 있는 노원구립도서관은 노원구의 대표 도서관이다. 집에서 가장 가까운, 나의 도서관이기도 하다. 지상 4층 지하 1층 건물에, 소장 도서 16만 7000권, 노원에서 가장 큰 도서관이다. 날이 좋을 때는 도서관에서 책을 빌려 공원의 나무 그늘에 앉아서 책을 읽기에 참 좋은 곳이다. 뒤쪽 보람샘 물맛도 좋다. 강연이나 회의가 있거나 책을 빌릴 때마다 상명고 건너편 집에서 여기까지 걷곤 한다. 바쁠 때는 상계중학교 앞을 지나는 노원로로 간다. 버스를 타봐야 두 정거장 지나면 내려서 같은 길로 걸어야 하기에 기다리는 시간을 생각하면 도긴개긴이다. 큰길이니까 빠를 뿐 걷고 보는 재미는 없다. 줄줄이 아파트에 학교, 병원, 빌딩, 공공기관, 대형 교회 등이 있을 뿐 양쪽에 상점조차 드물다. 적막해 쓸쓸하고, 볼거리 없어 단조롭다. 은행나무가 노랗게 물드는 가을이 아니면, 걷고 싶은 기분이 별로 들지 않는다.

골목을 오가면서 얼굴을 맞보고, 시장과 가게에서 자연스레 어우러져야 마을이 이루어진다. 골목에서 마주치면서 나누는 인사 한마디로도 인생은 두꺼워진다. 신도시 노원의 설계자들은 별로 그 생각이 없었던 듯하다. 노원을 효율 좋은 잠터로 만들었을 뿐, 마을에 정을 붙이지 못하게 만들었다. 만남이 학교

를 중심으로 주로 이루어지니, 관심 역시 아이와 교육에 집중된다. 그것이 노원을 서울 동북권 최대의 학원 도시로 만든 힘이다. 그러나 인간의 정을 느끼지 못한 사람들은 아이들 교육이 끝나면 새로운 삶터를 찾아서 다른 곳으로 떠난다. 안타까운 일이다.

여유 있을 때나 귀가할 때는 집에서 당현천을 따라 걷는 뒷길을 택한다. 내가 참 좋아하는 길이다. 한여름 뙤약볕이 비칠 때를 제외하면 당현천 길은 산책하기 참 좋다. 물은 깨끗하고, 바람은 시원하며, 왜가리·오리의 비행은 우아하고, 붕어·잉어의 헤엄은 힘차다. 물의 느릿한 흐름이 절로 걸음을 멈추게 한다. 프랑스 철학자 가스통 바슐라르는 물을 '내면성의 물질'이라고 불렀다. 물에는 인간의 마음이 산다. 천천히 흐르는 물을 무심히 바라보면서 걷노라면, 물은 마음을 빨아들이고 마음은 물을 닮는 것을 느낀다. 물을 바라보는 일은 풍경을 보는 것과 다르다. 사람들은 물의 유장한 흐름에서 누구나 인생을 반추한다. 보는 물은 한 가지이나, 떠 있는 사연은 만 가지. 하나둘 흘려보내면서 마음의 먼지를 떨어낸다.

비가 막 개어 물 넘칠 때가 산책에 가장 좋다. 물소리는 귀를 즐겁게 하고 걸음에 리듬을 부여하며, 머리를 맑게 하고 시름을 잊게 한다. 장마가 막 지난 아침, 천천히 냇가를 걷는 일엔 탈속(脫俗)의 기풍이 넘쳐난다. "옳고 그름을 가리는 소리가 귀에 닿을까 두려워/ 일부러 흐르는 물로 산을 둘러쌌네.(故敎流水盡籠山)"라고 했던 최치원 마음을 살짝 엿본 듯한 느낌이다.

집에서 상계역 쪽으로 10분쯤 걸으면 당현천 길이 끝난다. 2019년 10월 이곳에 새로운 명소가 생겼다. 노원수학문화관이다. 기초자치단체로는 국내에서 처음 마련한 수학 관련 학습 시설인데, 체험을 통해 수학의 원리를 배울 수 있어서 초등학교 아이들한테 꽤 인기다. 코로나19 시국에도 단체 관람을 포함해 방문객 숫자가 적지 않다. 당현천은 이곳에서부터 발원지인 상계역 뒤쪽을 거쳐서 수락산 자락까지 복개도로 아래를 흐른다. 마저 열어서 정비하면 시원할 것 같다.

　도서관 가는 길은 수학문화관 앞에서 두 길로 나누어진다. 가는 길에는 상계역 교차로까지 직진해서 한글비석로를 따라 걷고, 오는 길에는 주로 상계중앙시장 길로 걷는다. 두 길 모두 다양한 상점이 올망졸망 양쪽으로 늘어선 데

다, 뻗어나간 골목길을 살피는 재미도 있다. 당고개역 주변, 공릉 철길 주변과 함께 노원에선 드물게 걷기 즐거운 곳이다. 벌판에 들어선 신도시 노원에는 골목이 무척 적은 편이다. 수학문화관에서 노원도서관까지 가는 여러 갈래 길은 골목 산책로로 참 좋다. 어린 시절 서울 약수동 달동네 골목길에서 자란 나로서는 이런 복잡한 골목들을 탐색하듯 걸을 때마다 고향에 온 듯한 아늑한 기분이 된다.

골목에는 인간을 위압하는 스펙터클이 없다. 엄청난 자본을 쏟아부은 건축물로, 사람들 눈을 사로잡는 장관을 연출하는 스펙터클은 근대 자본주의 미학의 한 핵심이지만, 인간에 대한 존중은 사라지고 건물에 대한 숭배만 남는 인간 소외를 일으킨다. 사람들 눈높이에 맞추어 지어진 골목 안 담장과 대문, 낮은 창문과 좁은 가게 등은 눈을 사람살이에 더 주목하게 만든다. 몇 걸음마다 끝없이 새롭게 바뀌는 풍경들, 스치듯 지나는 다양한 얼굴들, 멋대로 꾸민 베란다들…… 여기에는 동네 사람들이 오랜 시간에 걸쳐 축적한 일상의 흔적이 곳곳에 배어 있다.

골목에서는 길을 알지 못해도 방향만 알면 상관없다. 잠깐 헷갈려도 언제든 제자리로 되돌아올 수 있고, 이어지는 골목골목을 한쪽으로 계속 걸으면 몇 골목쯤 틀려도 언젠가 도서관 근처나 한글비석로나 상계중앙시장 근처로 몸이 빠져나온다. 거기서 다시 길을 짐작해 살펴 걸으면 된다. 집으로 오는 길도 마찬가지다.

골목길을 가다가 목마르면 아무 가게나 들어가서 음료를 마시고, 배고프면 동네 맛집을 찾아서 배를 채운다. 특별히 입에 붙는 곳이 있으면, 가족들과 일부러 나들이도 하고, 친구들 만날 때 약속 장소로 삼기도 한다. 맛집과 동네 맛집은 정체성이 다르다. 맛집은 맛이 우선이다. 한 해 내내 언제든 찾아가도 맛이 달라지면 안 된다. 재료의 질이 떨어지거나 음식 맛이 나빠지면 화가 나기도 한다.

동네 맛집은 음식 맛보다 정이 우선이다. 맛은 기본만 넘으면 크게 상관없고, 추억이 더 중요하다. 조미료 맛을 좋아하지 않으나, 너무 심하지 않으면 잘 참을 수도 있다. 서른 해 정도 노원구에 살면서 이름난 맛집들은 모두 들러 본 듯하다. 노원에는 전국 맛집에 오를 만큼 대단한 맛집은 많지 않다. 고급 음식점이 있기엔 큰 직장이 많지 않고, 사람들 경제력도 부족하다. 동네가 오래되지 않아 서민 맛집들 손맛도 다소 덜 여물었다. 음식 좀 한다는 집은 프랜차이즈가 대부분이라, 많은 이들이 특별한 날에는 차를 몰고 시내나 강남으로 외식을 떠난다. 그러나 군데군데 시민들 사랑을 듬뿍 받는 동네 맛집들이 숨어 있다. 노원역이나 공릉동 도깨비시장 주변의 맛집은 다른 지역 사람들도 부러 찾을 만큼 알려진 곳도 많으나, 시장 주변 맛집은 아직 널리 알려지지 않았다.

골목 안에서 가끔 들르는 곳 중 하나가 대원칼국수다. 수학문화관에서 당현천을 건너서 주유소 앞을 지나서 길 건너 상계27길로 접어들면 상계중앙시장이다. 지역에서 가장 큰 전통 시장이다. 생선가게, 채소가게, 과일가게, 반찬가게, 건어물가게, 정육점, 철물점 등이 아기자기 늘어서 있다. 예전보다 활력은 많이 줄었으나 볼거리는 여전히 풍요롭다. 소를 넣지 않고 주름 문양만 잡은 민짜 절편을 좋아하는 나로서는 때때로 눈에 띄는 떡집에서 천 원짜리 몇 장으로 한 무더기 사서 먹으면서 여기저기 기웃댈 수 있는 게 참 좋다. 시장길을 따라 아이파크 아파트 단지를 지나면 오른쪽에 대원칼국수가 있다. 벌써 30년이 넘은 시장 맛집이다. 칼국수만 팔던 집이었는데, 아구찜을 하면서 상호를 대원으로 바꾸었다. 사골에 우려낸 국물 맛이 진해서, 간단한 겉절이와 잘 어울린다. 월요일에는 65세 이상 어르신들한테 칼국수 한 그릇을 3500원에 대접하는

착한 식당이기도 하다.

　대원칼국수를 지나면 길이 복잡해진다. 한적한 주택가 골목길이 이어지는
데, 거리가 네모반듯하지 않아서 곳곳에 정면이 막혀 있다. 오른쪽 또는 왼쪽
으로 난 골목길로 접어들어야 한다. 어느 쪽을 택해 가든 언젠가 노원도서관으
로 이어진다. 도서관 건너편 골목 안에 감동식당이 있다. 매운 등갈비를 파는
곳이다. 매운 것은 잘 못 먹지만, 메밀전에 갈비를 싸서 먹는 독특한 방식이 재

밌다. 곤드레나물 밥에 비벼 먹는 후식도 먹을 만하다.

한동안 조용한 이 조용한 골목길에 청년들, 예술가들이 들어와 연남동, 망원동처럼 골목길을 꾸미고 살 수 있으면 얼마나 좋을까 하고 생각한 적이 있다. 노원도서관, 수학문화관, 노원어린이도서관, 영신여고 주변, 노원예술의전당, 서울과학관으로 이어지는 뒷길이 공방과 카페가 늘어선 문화예술의 길이 되면 노원이 더 매력적인 곳이 될 것이 틀림없다. 그만큼 상계로와 한글비석길

이 만나서 이루어진 이 복잡한 골목길은 흥미롭다. 기회가 생기면 도서관 건너편 골목길 안에 작업실을 내려고 여러 번 답사한 곳이기도 하다.

노원도서관에서 노원수학문화원까지 이어지는 이 골목은 어찌 보면 낙후한 곳이다. 도로는 좁고, 복잡해 주차할 곳도 마땅치 않고, 기반시설은 낡아서 동네가 빛나지 않는다. 그러나 천편일률 아파트 국가인 노원에서 이곳이야말로 다양한 모양의 집들이 복잡하게 맞물리면서 살림의 흔적과 매력이 남아 있는 공간이기도 하다. 『짓기와 건축하기』에서 리처드 세넷은 도시를 '물리적 도시'인 빌(ville)과 정신적 도시인 시테(cite)로 구별한다. 빌이 건물, 도로, 상하수도 등으로 이루어진 '짓기'의 대상이라면, 시테는 삶의 질, 이웃과의 유대, 장소에 대한 애착 등이 스며 있는 '거주하기'의 대상이다. 단조롭고 균일한 공간으로 채워진 노원은 빌로서는 효율적이지만 도시 전체는 전반적으로 지루하다. 그래서 사람들을 자꾸 외지로 밀어낸다. 정이 붙지 않기 때문이다. 노원에도 다양한 경험이 어우러지면서 사람 냄새가 나는 시테가 있었으면 좋겠다. 어쩌면 내가 자주 걷는 도서관 앞 골목이 더 매력적인 곳이 될 수 있다면 노원이 더 빛나지 않을까 싶다.

더 숲으로 가는 길

한정영[*]

　오늘도 나만의 숲에 갑니다. '날이 좋아서 갔고, 날이 좋지 않아서 갔으며, 날이 적당해서' 갔던 그곳에서 나는 유년을 만나기도 했고, 잠시 잊고 지내던 계절을 만나기도 했으며, 또 항상 즐겁게 글을 썼습니다. 그렇게 쓴 어떤 글은 많은 독자에게 읽혔고, 혹은 상을 받아 기뻤습니다.

　숲으로 가는 그 길가마다 상상력이 가득합니다. 그러므로 우리 동네 사람들이 수학회관 앞 노래하는 분수대에 눈을 빼앗길 때, 그러다가 당현천을 따라 걸을 때, 나는 바로 맞은편에 있는 대동(황토방) 아파트 정문 앞 빵집 '밀담'에서 출발해 노원 네거리를 향해 나섭니다.

　혹 당신이 막 길을 나섰는데, 조그만 빵집을 바라보는 고양이를 만난다면 어떤 생각이 들까요. 세상에! 빵집을 기웃거리는 고양이라니요? 이런 동화와 같은 한 장면이라면, 기대해도 좋을 것입니다. 숲으로 가는 길에서 만날 상상력의 향연을 말이에요,

　고양이는 눈을 마주치면, 웅크리고 있던 몸을 일으켜 빵집 옆 골목으로 터

• 2009년 노빈손 탄생 10주년 기념 공모전 대상. 중앙대 연구교수 서울여대 겸임교수 역임, 도서출판 북멘토 편집위원. 동화『굿 모닝, 굿모닝』,『노빈손 사라진 훈민정음을 찾아라』외 다수.

158

벅터벅 걸어갑니다. 빠르지도 느리지도 않은 걸음으로, 마치 따라오라는 듯 중
간에 뒤를 한번 힐끔 돌아보지요. 물론 나는 기다렸다는 듯 녀석의 뒤를 따라
골목 안으로 들어갑니다.

　자, 첫 번째 숲에 들어섰고, 이제 특별한 산책이 시작되었습니다. 골목은 정
말 숲을 닮았습니다. 어느 쪽으로 가도 길이 나오고, 돌아다니다 보면 제자리
인 듯하지만, 다른 길이기도 하고요. 그래서 가끔은 방향을 잃고 헤매는 것마

저도.

그리고 무엇보다 조붓한 길, 울퉁불퉁한 땅바닥, 연이어 늘어선 오래된 대문과 낡은 담장 사이를 지나다 보면, 어느새 유년의 나와 마주칩니다.

저편 담장 아래에 한 소년이 서있습니다. 크레용 하나를 쥐고 담벼락에, '세훈이 바보'라고 쓰고는 인기척에 놀라 얼른 모른 체합니다. 그 옆에는 '연주랑 종운이랑 얼레리꼴레'란 낙서도 보이지요. 그 바람에 나도 모르게 씩 웃었더니, 어느새 소년은 그 옆 파란 대문 앞에서 주위를 살피고는 벨을 누르고는 냅다 달아납니다. 그리고 저만치서 기다리고 있던 다른 아이들에게 달려가 깔깔거리며 웃습니다.

어라? 이번에는 숨바꼭질을 하는지 전봇대 뒤에 가만히 서있네요. 얼결에 나도 가던 길을 멈추고 똑같이 따라해 봅니다. 그러다가 힐끗 고개만 내밀고 쳐다보지요. 그런데 이번에는 골목을 막고 다른 아이들과 어울려 땅따먹기를

하고 있습니다.

'나도 끼워줄래?'

나도 모르게 중얼거리며 다가가면, 아이들은 신기루처럼 사라집니다. 그리고 그 자리에 길라잡이처럼 앞서갔던 고양이가 서있습니다. 여기까지만이에요, 라고 말하는 듯 싶습니다. 하지만 나는 선뜻 골목 밖으로 나서지 않습니다. 조금만 더 유년의 뜰 안에서 걸어보기로 합니다. 어느 곳이든 골목은 다 닮았으니까요. 골목 안에서 잠시 길을 잃어도 좋습니다. 빠져나오는 일이 숲처럼 어렵지만은 않아서 긴장할 필요는 없으니까요. 도리어 이 경이로운 산책을 마다할 이유가 없습니다.

내가 매일, '상철아, 놀자!'라고 노래를 불렀던 은색 철 대문 앞에서 잠깐 친구의 얼굴을 떠올려 보고, 계단이 있는 녹색 대문 앞에서는 내 볼 붉게 물들게 했던 그 여자아이의 분홍빛 머리띠를 그려봅니다. 얼굴이 떠오르지 않는 건, 어쩔 수 없지만요.

그러다가 문득 나는 사방을 두리번거립니다. 골목 끝에 서서 큰길을 내다보고 있는 소년을 다시 발견합니다. 영락없이 엄마를 기다리는 모습이지요. 이번에는 다가가지 않고 가만히 지켜보다가 소년의 곁을 스쳐 지나갑니다.

골목이 끝나면, 천연덕스럽게 널따란 길이 나타나고 예의 수많은 자동차가 오갑니다. 큰 건물이 어지럽게 눈앞을 가로막습니다. 특히 오른편에는 너무나도 덩치가 큰 순복음 교회 건물이 서있어서 잔뜩 몸이 움츠러듭니다.

하지만 신호등만 건너면 좀 안심이 됩니다. 이제 벚나무 길을 산책할 수 있으니까요. 바로 두 번째 숲에 들어섰습니다. 왼쪽에는 상계주공 6단지 아파트의 북쪽 울타리가 있습니다. 이 울타리가 끝나는 곳까지 나란히 뻗은 인도 위는, 계절마다 다른 빛입니다. 봄에는 연분홍 꽃잎으로 화사하고 여름에는 싱그

러운 이파리로 청명하지요. 그리고 가을에는 울긋불긋한 낙엽으로 화려합니다. 차도 쪽으로는 은행나무가 늘어서 있으니, 가을에는 더더욱 찬란한 가을을 이 길 위에서 만납니다.

눈치챘겠지만, 나는 이 길 위에서 자주 멈추거나, 느릿느릿 걷습니다. 봄에는 떨어지는 벚꽃을 맞으며 온몸으로 봄을 맞이하고 싶어서일 테고, 여름에는 뜨거운 뙤약볕을 막아주는 초록 그늘을 오래도록 즐기고 싶어서일 것입니다. 그리고 가을에는 사각거리는 낙엽 소리에 귀를 기울이고 싶기 때문입니다. 남들은 냄새난다고 싫어하는 은행알이 또르르 굴러다니는 것도 두고 보면 아주 재밌습니다. 이때는 이어폰을 귀에 꽂고 음악을 듣

지 않습니다. 비록 간간이 자동차 소리가 끼어들어도 속삭이듯 들려오는 낙엽 소리와 은행알 구르는 소리를 온전히 느끼고 싶기 때문이지요.

그리고 벚나무 길이 끝나는 그곳에서 한 번 더 멈추어 섭니다.

"뻥이요!"

운이 좋으면 그 소리를 들을 수 있습니다. 요즘의 아이들은 알지 못하는 노상 뻥튀기 가게가 있거든요. 언제나 달콤한 냄새가 코끝을 찌릅니다. 그리고 그 냄새는, 어린 시절 뻥튀기 아저씨 리어커 앞에서 쪼그리고 앉아서 '뻥이요!' 소리를 기다리던 때를 떠올리게 합니다. 그 소리가 나면 사방에 강냉이가 튀어오르고 주변에 섰던 아이들은 얼른 달려들어 그것을 주워 먹었지요. 지금이라면 결코 해서는 안 될(?) 일이 되어버렸지만 말이에요.

그리고 그 코끝의 냄새가 채 사라지기 전에, 나는 KT 전화국을 지나 노원

도심의 한복판에 있는 나의 세 번째 숲인,'더 숲'에 도착합니다. 지하 속에 또 지하가 있고, 커피숍이면서 갤러리이고 영화관입니다. 커피향이 그득하다가도 어느새 빵 굽는 냄새가 구수합니다. 그래서 나에게는 '더(more)' 숲입니다. 그 숲에서 나는, 하루에 한 번은 아이가 낯선 곳을 탐험하듯 지하와 지하를 오르내리고, 그림을 구경하고, 그래도 부족하면 영화를 봅니다. 숲이란 곳이, 나아가면 나아갈수록 새롭고 신비한 것들로 울창하듯이, 이 숲이 그러하지요.

숲 깊은 곳에서 나는 상상력으로 충만해집니다. 그 덕분에……. 말했었나요? 이미 수년 전부터 다녔던 이 숲에서 대여섯 편의 이야기를 쓸 수 있었던 것이지요.

이제 잠깐 동안 글 속으로 들어갑니다.

숲에서의 산책은, 대체로 해질 무렵에 끝납니다. 그리고 나는 다시 왔던 길을 되짚어가지요. 같은 길이라 아무런 느낌이 없을 것 같지만, 사뭇 다릅니다.

빌딩 숲을 빠르게 지나, 다시 벚나무 길에 들어설 무렵이면, 꼭 북동쪽으로 뻗은 길 저편을 바라봅니다. 건물과 건물 사이로 언뜻 불암산 한켠이 바라보이거든요. 조금이나마 숨이 탁 트이지요. 만약 그 길 끝에 큰 빌딩만 아니었다면, 훨씬 더 멋진 불암산을 볼 수 있었을 텐데, 참으로 아쉬운 마음이 듭니다. 그래도 숨은 듯 보이는 불암산의 모습이 고향의 민둥산 바라보는 듯합니다. 더 애틋하고요. 그 때문일까요. 정말로 집으로, 아니 고향으로 돌아가는 기분이 들기도 하지요.

자, 어느새 나는 다시 골목길로 들어섭니다. 땅거미가 내리기 시작했고, 골목의 집집은 전등 불빛이 하나둘 들어오기 시작합니다. 유년의 저녁이 펼쳐지면서, 다시 나의 걸음이 느려집니다. 동시에 나는 귀를 쫑긋 세우지요. 골목 곳곳은 땅거미가 내려서 어둑하지만, 낮에는 들리지 않던 익숙한 소리가 들리거

든요. 맞아요. 이 골목은, 낮은 눈으로, 밤에는 소리로 나를 고향의 앞뜰로 안내합니다.

"철수야! 씻고 밥 먹어야지!"

누군가의 목소리가 골목에 퍼집니다. 그와 함께 된장찌개 냄새가 코끝을 찌르지요. 아니, 어떤 집에서는 모처럼 생선을 굽는가 봅니다. 그렇게 어둠이 짙어가는 골목 안은 온통 소리와 냄새로 어수선해집니다.

내 고향의 골목에서도 그랬습니다. 골목 입구 찬호네 집에서는 TV 연속극 소리가 담 밖으로 흘러나오고, 목소리 큰 경원이 어머니는 반복해서 경원이가 숙제를 다 했는지 재촉해요. 민철이 아버지는 오늘도 탁주 한 사발 들이키셨는지, '이별의 부산 정거장'을 부릅니다. 나는 가만히 그 소리를 듣습니다. 담장 안으로 고개를 들이밀면 반가운 얼굴이 있을 것 같아, 가슴이 두근거리기도 합니다. 지금은 절대 그럴 수 없지만 말이에요.

유년에 내가 살던 동네에서 가장 조용한 집은 우리 집이었습니다. 어머니 아버지는 새벽에 장터에 나가 자정 무렵에나 돌아왔고, 나이 차가 많이 나는 형들은 타지로 유학을 떠나고 없었지요. 그래서 우리 집은 늘 적막했습니다. 나는 홀로 그 사무치게 조용한 집을 지키는 경우가 많았습니다. 어쩌면 그 때문에 더 그 목소리들이 더 그리웠는지도 모르겠습니다.

이제 정신을 차리고 집 쪽으로 걷습니다. 그 골목 끝에 소년이 서있습니다. 아침에 장터에 나간 어머니를 기다리는 것이지요. 소년은 아주 오랫동안 서있을 것입니다. 문득 소년의 어깨를 토닥이고 싶은 생각이 들어 다가갑니다. 하지만 손만 뻗으면 소년은 또다시 사라지고 말아요.

그때, 어디선가 고양이 울음소리가 들립니다. 힐끗 돌아보니, 고양이 한 마리가 담장 위에서 이쪽을 빤히 바라보고 서있습니다. 눈이 마주치자 고양이가 저편 골목 끝으로 걷습니다. 녀석을 따라가자 비로소 나는 유년의 뜰에서 빠져나옵니다.

그리고 처음 나설 때 고양이가 바라보던 빵집을 이제 내가 쳐다봅니다. 그 빵집은, 소년이 어머니 아버지를 기다리던 그 전봇대 건너편에 있던 작은 구멍가게를 닮았습니다. 그 때문에 문득 그 빵집에서 낯익은 누군가가 나올 것 같아 오래 망설이지요. 그 시간이 사뭇 즐겁습니다.

산책의 끝은, 집으로 돌아와 베란다에서 마무리합니다. 창문을 열고 아래로 시선을 던지면, 내가 지나온 골목들이 한눈에 내려다보이거든요. 언뜻 보면 미로를 닮았고, 정말 숲을 닮은 그곳에는 여전히 소년이 뛰어다닙니다. 그 소년의 웃음소리가 들리는 듯도 하지요. 물론 한동안 골목에서는 아이들이 서로를 부르는 소리도 들립니다.

베란다의 문을 닫으면, 마침내 하루의 특별한 산책이 끝납니다. 하지만 나는 날이 좋든, 혹은 날이 좋지 않더라도 종종 숲으로 나설 것입니다. 한껏 가꾸고 꽃이 예쁘게 핀 공원길보다 유년의 뜨락같은 골목을 걷는 게 좋고, 짧은 거리지만 사계절 다른 빛으로 충만한 벚꽃길은 늘 그리울 테니까요. 더구나 그 끝에는 덤처럼, 더(more) 숲이 있으니까요.

불암산 둘레길의 화양연화

— 학도암에서 옛 기자석까지

김용안[•]

산 속의 무엇이 자꾸 부른다. 난 그 부름에 이끌려 산속으로 달려간다. 해마다 오던 그가 또 와 있다. 바로 그 자리에.

노란 등을 주렁주렁 가득 매단 생강나무다. 무채색의 산에 생강나무는 동글동글 피어나 산을 환히 빛낸다. 달려가다 보면 멈추게 되는 노란 신호등.

유심히 한 곳을 보는 나를 보고 산책을 나온 사람들이 같이 멈추어 선다. 그중 한 사람이 나를 향해 묻는다.

"저거 산수유 아닌가요?"

"아니요. 산수유랑 비슷하지만, 생강나무예요. 저 꽃과 줄기에선 생강 냄새가 나거든요. 산수유 꽃은 사람 사는 마을을 좋아해 마을에 피고요, 생강 꽃은 산을 좋아해 산에 피어요."

슬금슬금 아는 체하고픈 나는 더 이야기를 하려다 쑥스러움에 마음속으로 중얼거린다.

[•] 인천에서 오랫동안 국어를 가르쳤다. 2010년『지구의 마지막 낙원』을 쓰며 어린이책 작가가 되었다. 동화『수달이 오던 날』,『시금털털 막걸리』등의 작품이 있다.

'김유정 소설 「동백꽃」의 마지막 장면 기억하세요? 점순이가 남자애를 밀어 함께 노란 동백꽃 속으로 쓰러지잖아요? 그때 남자애가 알싸하고도 향긋한 냄새에 정신이 아찔해지잖아요? 그 알싸하고 향긋한 꽃이 바로 생강나무 꽃이에요. 중부지방에서는 동백기름이 안 나와서 생강나무 열매로 기름을 짰거든요. 그래서 생강나무를 동백나무로 불렀어요.'

둘레길을 천천히 걸으며 노란 신호등을 찾는다. 곳곳에서 생강나무가 환하게 불을 켜고 있다. 둘레길의 봄은 이제 시작이다. 봄의 출발!

신록들이 찰랑거리며 종알거리기 시작하기 전에 진달래가 찬란하게 찾아온다. 진달래꽃들이 '멈춤'이란 진분홍색 불을 켠다. 둘레길 곳곳에 켜 있으므로 계속 멈출 수밖에 없다. 하지만 진달래들끼리도 할 말이 있다. 그들의 모임은 재현고등학교로 내려가는 중간, '불암산 둘레길 북카페'가 있는 곳에서 이루어진다. 책장이 하나, 평상이 세 개 있고 그 주위로 진달래들이 사방에서 피어난다.

진달래가 피어나면 평상은 명당자리가 된다. 이곳을 둘러보는 탐욕의 눈빛들이 하나, 둘 늘어난다. 평상을 겨우 차지하고 진달래들이 햇빛에 반짝이며 두런두런 피워내는 이야기를 들으면 어쩐지 서글프다. 진분홍빛이 가슴 속으로 쳐들어와 서글픔과 그리움들을 하나씩 불러낸다.

어린 시절 봄이면, 뒷동산에 올라 친구들과 진달래를 따 먹는 게 일이었다. 당시 어른들은 산으로 가는 우리에게 신신당부했다.

"문둥병자들이 산속에 숨어있다가 아이를 잡아 거꾸로 매달아 간지럼을 태우는 거야. 아이는 숨이 넘어가도록 웃다가 죽겠지? 그러면 문둥병자들이 간을 빼먹어. 웃다 죽은 아이의 간을 먹으면 병이 낫는대. 그러니까 절대 혼자 다니면 안 돼!"

진달래들은 다 안다. 이런 이야기들이 거짓이라는 걸.

문둥병은 한센병으로 살이 썩어 문드러지다 못해 잘려나가는 병이다. 병이 전염된다는 편견과 외모 때문에 한센병 환자들은 사람들을 피해 산속으로 길을 잡았을 것이다. 먹을 것이 부족한 시절, 그들도 진달래를 따 먹으며 허기를 달래기도 했을 것이다. 한센병 환자였던 한하운의 시 '님 오시면 피어라 진달래꽃/(중략) 이 세상 울고 온 문둥이는 목쉬어.(생략)'(「여가」)에서도 진달래는 얼마나 아픈 꽃인지…….

진달래는 그들과 아픔을 함께했기에 서러운 붉은 색으로 피어나는 것이다.

진달래는 또다시 서러운 꽃이다. 난 봄마다 아버지와 꽃 구경을 다녔는데 아버지가 녹내장으로 눈이 안 보이기 시작했다. 봄이면 진달래꽃도, 벚꽃도 볼 수 없는 아버지. 진달래꽃이 피었다는 소식에 안절부절못하다 진달래꽃을 보러 가면서 울었다. 다시는 진달래꽃을 볼 수 없는 눈먼 아버지를 두고 나 혼자 보러 간다는 미안함. 미안해 울면서도 보고 싶어 발걸음을 옮기는 모순. 진달래를 보면서도 가슴 한쪽이 아픔과 부끄러움으로 붉어졌다. 진달래는 이래저래 가슴 아린 꽃이다.

4월엔 신록들이 올라오기 시작한다. 온 산에 돋아난 연둣빛이 갓 태어난 아기들처럼 귀엽다. 그때부터는 연두를 사랑하는 사람들이 우르르 둘레길로 모여든다. "어머! 어머!" 감탄사들이 새들의 지저귐과 함께 사방에서 들린다.

긴 겨울을 지난 뒤, 연두에 열광하는 것은 원시시대부터 이어온 무의식이 시키는 일인지도 모른다. 연두는 긴 겨울을 죽지 않고 살아냈다는 증거물이므로. 연두는 자라 초록의 세계로 점점 넘어간다. 하루하루 다르게 어른이 되어가는 세계는 황홀하다.

5월이 되어 벚꽃이 지고 버찌가 서서히 알을 키우기 시작하면 온 산에 쪽동

백이 주렁주렁 흰 등을 단다. 둘레길 곳곳을 점령한 쪽동백은 이파리가 넓어 시원하다. 꽃은 쪼로록 달려서 마치 자그만 흰 등을 나란히 달아놓은 듯하다. 나비정원에서 둘레길로 가는 나무 데크 길은 쪽동백들이 등을 달고 서 있어 언제나 환하다.

쪽동백의 은은한 향기가 퍼지기 시작하면 아까시가 바통을 이어받는다. 곳곳에 아까시 꽃들이 피어나 향내를 온 산에 뿌린다. 국수나무도 조그만 꽃들을 피워낸다. 꽃은 작아도 완벽한 조화를 이룬 아름다움과 향기를 가지고 있다. 쪽동백, 아까시, 국수나무들이 함께 뿜어내는 향기에 취하면 정신이 혼미해진다.

'내게로 와 주세요! 나를 봐 주세요! 내 향기를 맡아주세요!'

그들의 명령에 따라 몸이 절로 움직인다. 꿀벌들이나 나비들이 왜 꽃들에게 열광하는지, 불나방이 불을 찾아가듯 꽃들에게 온몸을 던지는지 몸소 알게 된다.

아까시나무는 나비정원에서 학도암으로 가는 길 중간, 의자가 놓여있는 큰 바위 주위에 많다. 의자에 앉으면 비로소 바위를 빙 둘러싸고 피어난 아까시나무들이 자세히 보인다. 오래된 아까시나무들의 줄기는 비비 틀리고 거칠어져 사망선고라고 받은 것처럼 보인다. 하지만 그 몸으로 물과 양분을 길어 올려 잎을 피우고 꽃을 피운다. 그 애씀에 마음이 경건해진다.

아까시가 둘러싸고 있는 바위는 마치 여성의 은밀한 부위처럼 생겼다. 갓 피어오르는 꽃봉오리 같기도 하다. 늙은 나무들과 강력한 생명의 형상이 함께 있는 모습이 이상한 조화를 이루는 곳이다. 이 바위를 마을사람들은 '밑바위'라 하여 여근의 형상으로 보았다고 한다. 하지만 다산을 비는 시대는 지났다. 바위는 더 이상 사람들이 관념을 불어넣어 비는 대상이 아니게 되었다. '넌 그냥 아름다운 꽃봉오리바위야.' 속으로 말해준다.

이 바위와 비교해 보면 둘레길에서 상계역으로 내려가는 곳에 선 바위는 어쩐지 외로운 느낌마저 든다. 커다랗고 기다란 바위가 울타리 안에 갇혀있다. 남성의 은밀한 부분을 닮아서 예전엔 기자석이라고 푯말까지 서 있었는데……. 기자석이란 말이 남성과 장남 위주의 사회에서 평등한 세상으로 바뀌며 무용한 존재가 된 것인지, 피해야 할 말이 된 것인지 모르겠다. 여근석처럼 말이다. 하지만 바위는 이름에 관심이 없나 보다. 내내 무심한 표정이다.

둘레길에서 가장 눈에 띄는 바위는 공룡바위다. 꽃봉오리바위에서 학도암으로 가는 길에 입을 힘껏 벌리고 산을 향해 포효하는 바위. 머리만 땅 위로 솟아나 있고 몸은 땅 속에 묻혀있다. 밤이면 땅을 벗어나 산을 향해 한달음에 달려가 정상에서 으르릉 크르릉 포효할지도 모르겠다.

불암산의 바위가 다 그렇듯 이 바위는 화강암으로 중생대 쥐라기에 형성되

었다고 한다. 쥐라기는 따뜻하고 비도 많이 와 습도도 높았기에 식물들도 몸집이 커지던 시기였다. 한때 따뜻한 지구를 주름잡았던 공룡들. 중생대 쥐라기 시절의 지배자였던 알로사우루스는 머리와 입이 크고 몸집도 큰, 가장 강한 공룡이었다. 쥐라기 공룡의 소멸기, 알로사우루스는 사라지는 자신의 존재를 바위로나마 남기려 했던 것일까?

공룡바위를 지나면 학도암이 나온다. 학도암으로 가기 전, 나무도 듬성듬성하고 평평한 곳에 '둘레길 북카페'가 있다. 책장이 3개인데 인문학, 소설, 그림책까지 다양하다. 책장 주위, 평상이 곳곳에 있다. 평상엔 삼삼오오 모여 담소를 나누거나 아예 평상 하나를 차지하고 누워 책을 읽는 사람도 있다. 코로나 시대에 어디서 이런 평화를 누리랴? 소나무들이 이들을 둘러싸며 흐뭇하게 내려다보고 몇 그루의 참나무가 사람들에게 그늘을 드리워준다.

송홧가루가 날리고 바람이 불면 이곳 풍경은 빛바랜 사진처럼 변한다. 마치 누렇게 바랜 사진 속 장면처럼 모든 것이 흐릿하며 몽환적이다. 사람들도 몇십 년 전 과거에서 건너온 사람들 같다. 이때는 현실감각과 방향감각을 잃는다. 거우 바위들이 이끄는 대로 올라가다 보면 학도암 마애불의 자애로운 미소가 기다리고 있다.

학도암의 마애관음보살좌상은 조선시대의 불상으로 서울시 유형문화재 제124호다. 명성황후는 고종과 혼인했지만 고종은 혼인 전 이미 한 후궁과 사랑을 빠져있었고 후에 후궁은 아들까지 낳았다. 명성황후는 구중궁궐 속에서 외톨이가 되었을 것이다. 명성황후는 외톨이를 벗어나고자, 사랑과 자식을 얻고자 이 불상을 조성했다고 한다. 당시 불화를 그리는 승려인 장엽으로 하여금 그림을 그리게 하고 경복궁 중건에 참여했던 석공들이 조각을 했다 한다. 그래

서 돌을새김으로 새긴 관음보살상은 선이 부드러우며 아름답다.

관음보살은 높은 학도암에 자리를 차지하고 아랫동네를 내려다본다. 중생의 아픈 소리를 보는 관음. 소리를 듣는 것이 아니라 그대로 본다. 그건 듣는다는 행위보다 즉자적이다. 그러므로 아무리 멀리 있어도 빛의 속도보다 빠르게 아픔을 보고 아픔을 보듬어준다. 관음보살은 오늘도 아랫마을을 굽어보며 성냥갑처럼 서 있는 수많은 아파트에 사는 사람들의 이야기, 백사마을의 길거리 생명들 이야기를 보고 아픔의 눈물을 흘리며 손을 내밀어주고 있을지도 모르겠다.

둘레길에는 명성황후와 관련된 장소가 한 군데 더 있다. 명성황후는 고향이 여주다. 그래서 명성황후는 피란을 갈 때도 고향인 여주로 방향을 잡았다. 노원은 북쪽으로 가는 관문이며 역참이 있던 곳이었으므로 명성왕후가 여주로 가려면 노원을 지나야했다.

진달래 동산에서 주공2단지아파트 쪽으로 내려오면 우람한 은행나무가 서 있다. 명성황후가 임오군란을 피해 여주로 피신을 가는 도중, 나라의 안녕을 기원하며 치성을 드렸던 나무라 한다. 1971년 보호수로 지정되었지만 아파트 뒤에 슬쩍 숨어있으니 둘레길에 오는 사람들조차 잘 모르는 나무다.

나무를 따라 빙 둘러 걸어본다, 675살이 넘었지만 아직 건강하다. 가을이면 은행잎이 노란 융단처럼 깔린다. 봄이면 어린 손을 하늘하늘 흔든다. 이토록 아름다운 나무이지만 궁궐에서 고종의 사랑을 받지 못했던 명성황후 같아 안타깝다. 학도암 관음보살님께 정성을 드리면 고종에게 사랑을 받은 명성황후처럼 은행나무도 사람들의 사랑을 받을 수 있을지도 모르겠다. 하지만 나무는 바라는 바가 없나 보다. 그저 수도승처럼 덤덤히 자리를 지키며 계절마다 할 일을 할 뿐이다.

둘레길 중간에 나비정원이 있다. 철쭉을 심기 시작하면서부터 철쭉꽃의 붉은 유혹에 노원은 물론 다른 지역 사람들도 몰려와 주위 아파트 도로까지 주차장으로 변한다. 난 철쭉꽃을 보고 난 후엔 사람들을 구경한다. 그들의 모습이 너무 아름다워서이다. 손을 꼭 잡고 거니는 노부부, 휠체어에 앉은 사람과 휠체어를 미는 사람의 정다운 눈길, 연인들, 가족들, 친구들……. 꽃을 보는 얼굴, 얼굴들마다 미소를 가득 띠고 있다. 사람들 모두가 꽃이다. 그들에게 향기가 난다. 이곳에서는 남녀노소란 말이 없다. 그저 꽃을 사랑해 꽃을 보는 자일 뿐이다. 무욕과 평등과 평화의 공간이다.

나비정원 오른쪽으로는 카페가 있고 그 옆으로는 계곡물이 흐른다. 이 계곡은 나비정원으로 바뀌기 전에도 자주 왔던 곳이다. 초봄이면 어김없이 몽실몽실한 산개구리알과 흰 순대 같은 도롱뇽 알들이 계곡물에서 깨어나길 기다리고 있었다. 사람들이 잘 모르는 장소라 홀로 이곳을 산책하며 비밀의 계곡이라고 이름 붙였는데 이제는 비밀이 아닌 공간이 되었다.

아이들은 수렵과 채집의 인류 후손답게 '들어가지 마시오'란 팻말을 무시하고 어떻게든 물고기 하나라도 잡아보려 애쓴다. 유치원생이나 될 법한 소녀가 잡은 물고기는 겨우 보일 만큼 아주 작았다. 소녀의 얼굴은 수렵의 기쁨으로 붉어져 있다. 그 기쁨을 알기에 모른 체하는 나도 역시 도덕에서 멀어진, 본능에 충실한 수렵인인지도 모르겠다.

올챙이들은 자라서 극성스러운 개구리가 된다. 철쭉이 피어있는 아래쪽 무대에선 5월 중순의 밤이면 개구리들이 합창을 시작한다. 중간에 "맹" "맹" "맹" 맹꽁이가 화음을 넣는다. 이들은 청중의 예의 바른 태도를 무척 중요하게 여긴다.

"와!" 하며 갑자기 소리를 지르거나 쿵쿵 뛰어다니면 곧 합창단은 노래를

멈추고 만다. 제대로 된 청중이 아니라며 화가 단단히 나서는 한참 동안 침묵한다. 청중의 소란스러움이 멈추어도 오랜 침묵을 지키다 기분이 조금 나아지면 합창단은 다시 노래를 시작한다. 적어도 음악 하는 자라면 이 정도의 자존심은 있어야 한다는 듯이.

날이 더워지면 나비정원을 지나 상계역 방향으로 간다. 옛 기자석 바로 앞에 계곡이 있다. 작은 물줄기는 폭포가 되어 웅덩이를 향해 뛰어내린다. 웅덩이에 몸을 담그면 여름은 금방 간다. 주위에 누리장나무 꽃들이 피어서 코를 벌름거리면 누릿한 냄새를 맡을 수 있다. 그래서 이 나무는 개똥나무라고도 불린다. 가을이면 누리장나무 열매들이 웅덩이 위를 둥둥 떠다닌다. 붉은 잎 다섯 개 위에 보랏빛 알 하나가 놓여있다. 세상에서 가장 예쁜 브로치다.

가재는 또 어떻게 이 계곡에 사는지 모르겠다. 어린 시절, 난 시골 개울가에서 친구들과 가재를 잡아 끓여 먹었다. 함께 간 친구들은 그런 추억이 없어 가재를 못 잡는다. 내가 시범을 보인다. 집게발에 꼬집히지 않으려면 가재의 배를 잡아야 한다. 가재를 잡아 보이자 친구들이 좋아서 팔딱팔딱 뛴다. 그 가엾고 여린 가재는 집게를 휘두르며 강력한 저항을 한다. 곧 놓아주면 가재는 재빨리 돌 틈으로 들어가서 안도의 숨을 내쉰다.

도시 주위에 펼쳐진 자연도 깊이 들여다보면 다양하기 이를 데 없고 변화무쌍하다. 꽃 하나, 나무 하나, 돌 하나가 지구를, 우주를 품고 있다. 그들의 이야기에 귀 기울이면 하루해도 짧다. 불암산 둘레길의 시간들은 화양연화의 시간들, 그렇게 쏜살같이 지나간다.

불암산을 걷다

하응백[*](글·사진)

1

"(1408년) 9월 9일 갑인일에, 도성의 동쪽 양주(楊州)의 치소소재지(治所所在地)의 검암산(儉巖山)에 장사하였다. 능(陵)을 건원릉(健元陵)이라고 하였다.(葬于城東楊州治之儉巖之山 陵曰健元)."

권근(權近:1352-1409)이 지은 건원릉 신도비에 나오는 대목이다. 죽은 이는 일세의 영웅 태조 이성계. 그를 검암산에 장사지냈다는 건데, 그 검암산이 바로 요즘의 불암산(佛巖山)이다.

서울 노원구의 불암산과 구리 동구릉의 건원릉을 아는 사람이라면 다소 의아하게 생각할 수 있다. 불암산과 건원릉의 거리가 다소 멀기 때문이다. 하지만 불암산의 남동쪽 자락은 넓게 구릉 지역으로 펼쳐져 있고 땅의 힘[地氣]은 왕숙천을 지나 한강에 이른다. 건원릉과 불암산 사이에 태릉, 강릉, 서울산업대학교, 육군사관학교, 육사 골프장, 삼육대학교, 서울여대 등이 자리한다.

경춘선 숲길을 지나 행정구역으로는 경기도 남양주시 별내면에 속하는 불암

• 1991년 서울신문 신춘문예 문학평론으로 등단. 한국문화예술위원회 책임심의위원 역임, 휴먼앤북스 출판사 대표. 소설『남중(2019)』외 다수.

사(佛庵寺)로 향한다. 불암산에서 가장 유서깊은 사찰이 바로 불암사다. 불암사
일주문에서 불암사로 들어서는 길은 그리 길진 않지만, 노송들이 제각각 자유
로운 멋을 부리며 개성을 뽐내고 있어 서울 주변 사찰 중에서는 가장 멋지다.

땀이 조금 흐를만하면 불암사가 나타난다. 범 무서운 줄 모르는 하룻강아지
한 마리가 객의 바짓가랑이를 물어뜯으러 나와 꼬리를 흔든다. 이 녀석아, 이
아저씨는 수백 년 전의 시(詩)를 공부하는 무서운 사람이란다. 저리 가거라.

권근의 외손자였던 서거정(徐居正:1420-1488)은 조선 초기, 가장 활발하게
시를 지은 사대부다. 양과 질 모두에서 후인(後人)을 놀라게 한다.

불암사(題佛巖寺)

절집이 가까이 우리 마을 서쪽에 있기에
흥겨우면 지팡이에 짚신 신고 와서 노는데
골짜기는 깊숙한데 하얀 돌이 널려 있고
산중에는 졸졸졸 시냇물 소리가 들리네
녹음 속의 작은 와탑은 잠자리가 안온하고
달 밝은 높은 누각엔 술도 휴대할 만하구나
문득 우스워라 남쪽 이웃의 병든 거사가
푸른 이끼 돌더렁밭에 길을 내놓은 것이
招提近在我村西 有興來遊輙杖鞋 洞裏幽幽羅白石 山中咽咽響淸溪
綠陰小榻眠初穩 明月高樓酒可携 却笑南鄰病居士 蒼苔石徑已成蹊

서거정의 집이 불암산 남서쪽 자락에 있었던 모양이다. 가끔 시간이 나고

흥에 겨우면 지팡이를 짚고 불암사에 들렀다. 누각도 있어 그곳에서 정취에 젖
기도 하고 술도 가져와 한 잔을 기울였다. 세종부터 성종까지 무려 6대에 걸쳐
임금을 모시며 '문학의 정부(政府)' 역할을 한 서거정은 스스로를 이웃의 병든
거사(鄰病居士)라 했다. 나 역시 이웃의 병든 거사다.

2

불암사를 돌면 본격적인 등산로가 나타난다. 깔딱고개라 이름지은 곳을 숨
가쁘게 통과하면 불암산 주능선에 이른다. 주능선에서 곧바로 정상으로 가지
않고 남쪽으로 방향을 튼다. 불암산성의 흔적을 찾기 위해서다. 20여 분 천천
히 남쪽으로 능선을 따라가면 헬기장이 있는 남쪽 봉오리에 이른다. 여기에 불
암 산성의 흔적이 남아 있다. 학도암이나 하계동 쪽에서 올라오면 만나게 되는

봉오리다. 널찍한 남쪽 정상에 서면, 전망이 좋다. 동쪽 중계동 우거(寓居)에 꽤 오래 살았다. 서거정은 나보다 500년도 더 전에 이곳에 살면서 집에 대한 시를 남겼다.

불암산(佛巖山)

불암산 아래에 띳집 한 채가 있으니
문 앞에 당한 봉우리는 그림보다 좋고말고
오늘은 사공의 나막신을 상상하거니와
당년에 반랑의 나귀는 몇 번이나 거꾸로 탔던고
지는 꽃 흐르는 물은 예가 바로 신선 집이요
고목 사이 굽은 절벽은 보찰의 나머지로다
원숭이 학이 해마다 응당 서글피 바라보겠지
소매 속에는 이미 사직소를 초해 놓았노라
佛巖山下有茅廬 當戶峯巒畫不如 今日追思謝公屐 當年幾倒潘閬驢
落花流水仙家是 古木回巖寶刹餘 猿鶴年年應悵望 袖中已草乞骸書

시는 온통 불암산 아래 마련한 집의 경치 자랑이다. 그림보다 좋단다. 낙화유수로 하여 신선의 집이 바로 자신의 집이라 했다. 이 시의 핵심은 사표를 써서 간직하고 있다는 거다. 신선처럼 사는데 벼슬에 구애받을 건 또 뭐냐. 언제든지 사표를 낼 수 있다는 것. 하지만 서거정은 임금에게 총애를 받았기에 사표를 내지 못했다. 오히려 일반적인 조선의 관리들처럼 외직도 거의 맡지 않고 거의 중앙부서를 돌았다. 그러다가 1460년(세조 6년) 여름에 사은사(謝恩使)

196

로서 중국 북경에 갔다. 이때 시재(詩才)로 중국인을 놀라게 했다. 다음의 시는
이해 가을 중국에서 지은 것으로 보인다.

양주(楊州)의 촌서(村墅)를 생각하다(憶楊州村墅)

불암산 기슭이며 풍양 고을 서쪽으로
두 이랑 묵정밭에 초가집이 나직하니
여름엔 어린애와 함께 순채를 취하고

깊은 가을엔 내처와 더불어 밤도 줍노라

나는 좋은 술에다 흰 쌀밥을 좋아하는데

남들은 참게가 누런 닭보다 낫다 하누나

금년에도 이 흥취를 다시 저버렸는지라

타향살이 구월에 생각이 더욱 헷갈리네

佛岩山下豐壤西 二頃荒田草屋低 長夏討蕫同稚子 深秋拾栗共萊妻

我愛綠醅兼白粲 人言紫蟹勝黃鷄 今年此興還辜負 九月他鄉思轉迷

(이상 한시 번역은 한국고전번역원, 임정기)

불암산 아래 집에서 여름엔 아이들과 텃밭을 가꾸고, 가을이면 아내와 밤을 주워 먹으며, 좋은 술에다 흰쌀밥. 여기에 참게 안주에 닭백숙이면 금상첨화다. 무엇이 더 부러울까?

평생 6,000여 수의 시를 지은 서거정도 술은 어지간히 좋아했나 보다. 시마다 술이 흐른다. 서거정의 집이 있었던 불암산 남쪽 기슭을 바라보다 방향을 북쪽으로 돌린다. 능선을 따라 정상으로 걷는다. 남봉에서 정상까지의 능선 길이 불암산 산행의 백미다. 여기서 보면 길게 누워 도성으로 흐르는 북한산과 도봉산의 진면목을 볼 수 있다. 눈으로 시원함을 즐기면서 30여분 걸어가면 어느새 불암산 정상 바로 아래다.

3

불암산 정상까지는 바위에 안전 설비를 잘해 놓아 별 어려움 없이 오를 수 있다. 좁은 화강암 바위 정상에 빼곡하게 등산객이 들어차 있다. 정상에 서면 조망이 좋다. 북한산과 도봉산과 수락산과 불암산이 품고 사는 인구가 거의

200만이다. 도성 주위의 산은 그 많은 사람에게 오래도록 자연의 품격을 선사했다.

　서거정보다 딱 150년 늦게 태어난 청음 김상헌(金尙憲:1570-1652)이 불암산을 구경했다. 병자호란 때 끝까지 싸울 것을 주장했던 주전파의 대표 김상헌의 불암산에 대한 인상은 좀 기발하다.

　"불암산(佛巖山)은 푸른빛으로 서 있는데 바라보니 손으로 움켜잡을 수 있

을 것처럼 가깝게 보였다. 바위 봉우리가 빼어나게 솟은 것이 예사로운 모습이 아니었다. 만약 왕실을 가까이에서 보익하여 동쪽의 진산(鎭山)이 되어 서쪽과 남쪽과 북쪽의 세 산과 더불어 함께 우뚝 솟아 있었다면, 실로 도성의 형세를 장엄하게 했을 것이다. 그러나 멀리 서울을 수십 리 벗어난 곳에 있어 마치 거친 들판으로 달아나 있는 것처럼 보이는바, 조물주가 사물을 만든 뜻이 참으로 애석하였다.(「유서산기(遊西山記)」, 한국고전번역원, 정선용 역)"

　무슨 말인가? 한양 도성 경북궁을 기준으로 하면 풍수지리적으로 각각 북

현무가 북악산, 남주작이 남산, 우백호가 인왕산, 좌청룡이 낙산이다. 이중 동쪽의 낙산이 지세가 약하다. 이를 보충하기 위해서 동대문을 흥인지문(興仁之門)이라 해서 '지(之)' 자를 보강해 놓았다. 하지만 글자 한 자로 약한 지세를 보

충하기는 어려울 것. 이에 자나깨나 우국지사 김상헌이 불암산이 지금의 동대문 낙산 자리에 있다면 얼마나 도성의 형세가 장엄했을까 하고 염원했다. 김상헌은 20대에 임란 당시 한양 도성의 처참한 광경을 목격했기에 더욱 그러한 생

각을 했을지도 모른다. 좀 황당한 상상이긴 해도 이런 공직자가 많았으면 좋겠다는 생각을 하긴 한다. 요즘은 땅을 보아도, 산을 보아도 재산증식을 생각하는 소인배 공직자가 여럿이기에 하는 말이다.

불암산 정상에서 하산하는 길은 여러 갈래다. 상계역으로 빠져도 좋고, 당고개역으로 빠져도 좋다. 당고개는 성황당이 있었던 곳이라 해서 붙여진 이름이다. 무속인과 우리 전통 재인들이 이 당고개를 중심으로 활약했음직도 하다. 하지만 그 흔적을 찾기는 쉽지 않다. 천한 직업이라 해서 쉬쉬하면서 스스로 흔적을 없애버리기 때문이다.

덕릉고개로 내려오는 길도 있다. 덕릉고개로 하산하면 수락산으로 바로 이어진다. 덕릉은 선조임금의 아버지, 덕흥 대원군의 묘가 있어서 붙여진 이름이다. 왕의 아들이 아니었던 선조는 명종이 후사 없이 타계하자 사가(私家)에 있다가 별안간 임금이 되었다. 자신의 아버지를 대원군으로 부르는 데까지는 성공했으나, 아버지의 무덤을 묘가 아닌 '릉'까지는 차마 승격시키지 못했다. 그래서 한가지 꾀를 내었다. 이 고개를 거쳐 동대문에 숯을 팔러 오는 장사치들에게 덕릉고개 너머에서 왔다고 하면 값을 후하게 쳐주니, 장사치들이 모두 덕묘라 하지 않고 덕릉이라 했다고 한다. 믿거나 말거나 설화지만, 요즘 말로 하면 SNS 홍보를 통한 진실 왜곡이다. 지금도 덕릉고개라 하니 선조의 조작은 성공적이었다.

불암산은 당고개역 혹은 덕릉고개에서 출발해서 남쪽으로 능선을 타는 방법도 있다. 어느 쪽을 선택해도 4시간 정도면 종주할 수 있다. 고마워, 불암.

초안산은 내 삶의 동반자

오석륜[*]

초안산은 늘 내 옆에 있었다

언제부턴가 초안산(楚安山)은 늘 나와 함께 있었다. 어버이의 품 같다. 넉넉하게, 그리고 따뜻하게 나를 품어주는 산이다. 그 품에 안겨 나는 의지하고 치유받는다. 아침에 일어나 눈을 뜨면, 초안산이 먼저 나를 반긴다. 지금 살고 있는 집 바로 앞에는 중랑천을 사이에 두고 초안산이 있기 때문이다.

초안산은 서울 노원구 월계동과 도봉구 창동에 걸쳐 있는 높이 114미터의 아담하고 나지막한 산이다. 초안이란 말은 '편안하게 잠들다'는 뜻에서 유래한다. '초(楚)'는 초나라, '안(安)'은 편안하다는 의미를 갖는다. 헤아려보니, 내가 서울 노원구에 산 것이 올해로 꼭 삼십 년째. 일생의 절반 가까이를 여기에 산 셈이다. 이십 대 후반 이곳에 정착하여 줄곧 월계동과 하계동에서만 살았다. 직장도 월계동. 지금 글을 쓰고 있는 이곳도 초안산 기슭, 내 연구실이다. 그야말로 초안산은 늘 나와 함께 있었다. 같이 호흡하였다. 수시로 오르내리다 보

• 2009년 문학나무 신인상. 인덕대학교 비즈니스일본어과 교수. 대통령 소속 〈도서관정보정책위원회〉 위원. 시집 『사선은 둥근 생각을 품고 있다(2021)』, 『진심의 꽃(2021)』 외 다수.

니 편안한 이웃이고 내 일상의 동반자다. 그러니 초안산을 품고 사는 나의 행복감이 넉넉할 수밖에.

그래서일까. 발표한 나의 시 중에는 초안산을 시의 소재로 삼은 작품이 여럿이다. 다음은 그중 한 편.

강은 늘 안타까웠다./ 이웃하고 있는 산이, 무엇보다 흘러간다는 것이 어떤 것인지를 알지 못하는 산이,/ 안쓰러워/ 흘러간다는 것의 깊이를 알려주고 싶었던 것이다./ 그리하여 습관처럼 강기슭까지 그림자를 내려 보내는 산에게/ 반드시 그림자와 같이/ 산속의 새들을 보내달라고 재촉했던 것이다.// 그렇게 몰려나온 새떼들이/ 강의 흐름을 따라 어디론가 흘러갔다가/ 부지런히 보고 들은 세상 풍경과 세상 이야기를 전해주러/ 다시 산으로,/ 산으로,/ 돌아오는 것이다.

－「저녁의 독서」 전문

시는 어렵지 않게 읽힐 것이다. 시의 공간은 초안산과 중랑천. 저녁 무렵, 중랑천을 따라 흘러간 초안산의 새떼들이 세상살이의 지혜를 터득하고 돌아왔으면 하는 바람을 담아냈다. 시집 『사선은 둥근 생각을 품고 있다』(천년의 시작, 2021)에 수록되어 있다. 초안산은 동쪽으로 중랑천을, 서쪽으로 우이천을 품고 있어서 그런 심상을 담아내기에 적절하다.

「경박한 상상」이라는 시도 초안산을 오르며 만난 어느 무덤을 그려내고 있다.

환관의 무덤가에 무성하게 자라 오른/ 저 잡초들이/ 바람이 불 때마다 무언가 중얼거리는 것을 봐서는/ 살아생전 아무에게도 말하지 못했던/ 조선 왕들의 비밀을 말하는/ 환관의 혀를 닮은 것 같기도 하고// 혹은/ 생전에 수염 한번 기르지 못했기에/ 죽어서야 제대로 자란/ 수염 자랑을 하는 것 같기도 하고// 이런저런 생각을 하며/ 비석에 새겨진 한자를 읽는데// 아이쿠, 송구하옵니다/ 정삼품(正三品) 어르신한테/ 경박한 상상을 하고 말았습니다.

– 「경박한 상상」 전문

시집 『파문의 그늘』(2018, 시인동네)에 실은 이 작품은 십여 년 전 쓴 것인데, 누구의 묘를 소재로 삼아 쓴 것인지는 또렷하게 기억이 나지 않는다. 분명한 것은 인덕대학교 뒤편으로 올라가면서 어느 내시의 묘를 보고 내 상상력을 작동시킨 것이다. 역시 이 시도 읽는 데 크게 어렵지 않아, 발표하고 나서 작품이 재미있고 독특하다는 평을 받았다.

누가 내게 초안산만이 가진 특징 혹은 매력이 있다면 무엇입니까? 하는 질문을 던진다면, 나는 서슴없이 이렇게 대답할 것이다. '초안산은 대한민국, 아니 세상에 존재하는 수많은 다른 산들과 달리, 내시의 무덤을 비롯한 양반, 서민 등의 무덤이 무려 천여 기(基)나 존재하는 귀한 유적지입니다.'라고. 이 산이 일명 '내시네 산'이라 불리는 이유도 그러한 사실에 연유한다. 산 여기저기에 "사적지 제440호 초안산 조선시대 분묘군 문화재 지정구역입니다"라는 문구가 눈에 띈다.

조선 명종 때의 청백리였던 좌의정 이명(李蓂)을 비롯해 모든 계층의 무덤이 확인된다. 특히, 내시의 무덤이 50여 기가 있었다고 전해지는 것은 관심을 끌 만하다. 실제로 정6품으로 숙종 때 활동한 승극철(承克哲)의 묘가 그의 부인과 나란히 초안산에 자리하고 있다. 승극철의 조부인 김계한(金繼韓)을 비롯한 내시 분묘를 경기도 양주 효촌리로 이전(1960년대 말)하였다는 기록이 남아 있는데, 내시부 최고직인 상선(尚膳)을 지낸 김계한은 임진왜란 당시 목숨을 걸고 임금을 지켰던 인물로 정2품 벼슬까지 올랐다고 한다. 1684년 초안산에 묘역을 조성하였다는 김계한의 양자였던 내시 김광택(金光澤)의 비문 내용도 현존한다. "이곳에 있는 내시의 묘들은 대부분 궁궐이 있는 서쪽을 향하고 있다. 이것은 초안산의 지형적 특성 때문에 나타난 현상이지만, 죽어서도 궁궐을 바라보며 왕의 안녕을 기원하기 위한 것이라고 전해진다."는 초안산 조선시대 분묘군의 안내문도 무척이나 흥미롭게 읽힌다.

한편, 다음의 시편 또한 초안산 언저리에 자리 잡은 월계동의 내 연구실에서 산과 호흡하면서 꾸린 것이다.

초안산 울창한 숲에서 아카시아나무 한 그루가 죽어가고 있을 때였습니다. 비바람이 몰아치자, 그 거센 비바람의 생명력을 끌어당겨 고사 직전의 나무에게 다가가는 것은 그 나무와 이웃해 있던 나무들이었습니다. 건강한 팔뚝으로 와락 껴안았다가 놓아주기를 무수히 되풀이하고 있었습니다.// 다시 살아나라, 죽으면 안 돼, 하는 그 절박한 심정이 나무들의 인공호흡이라는 것도, 나무들에게도 가족 같은 이웃이 있다는 것도 그때 알 았습니다.// 일 년쯤 지난 뒤. 문득 다시 숲을 쳐다보는데 아, 죽어가던 그 나무가 보이지 않았습니다. 이상 하다 싶어 꼼꼼히 살펴보았더니, 우듬지에서 푸른 잎들이 돋아나 있었고, 곁을 지켜주던 나무들은 부지런히 자신들에게 속삭여주는 새들의 지저귐을 퍼 나르고 있었습니다. 아카시아꽃에서 솟아나는 향기도 제 발로 성큼성큼 건너가는 것이었습니다. (후략)

　　　　　　　　　　　　　　　　　　　　－「나무에게도 이웃이 있다」 부분

숲에 서식하는 나무들이 모두 푸르고 싱싱한 것만은 아니다. 때로는 죽어가는 나무도 있으리라. 그러나 늘 쳐다보던 나무 중에서 고사 직전의 아카시아나무 한 그루가 다시 살아나는 과정을 지켜보던 나는 "되살아난 나무에게는 분명 이웃의 안녕을 묻는 측은지심의 살결과 근육이 나이테로 새겨져 있겠구나" 하는 상상을 할 수 있었다. 이 회생의 가르침도 초안산과 나와의 뜨거운 숨결이 낳은 결과물이 아닐까 하는 생각을 해본다.

더불어 다음의 시 역시 초안산의 단풍나무가 사람들의 은밀한 부분까지 보고 있다는 상상으로 작품을 썼다.

산과 맞붙은 우리 학교 건물의 화장실을/ 마주하고 있는 단풍나무 한 그루,/ 날마다 엉덩이 드러내고/ 볼일보는 우리들의 속살을/ 참 많이도 봤습니다.// 게다가 우리들의 은밀한 곳까지 훔쳐본다는/ 소문도 일부는 사실일 겁니다.// 그 부끄러움을 참기 어려워/ 가을이 오기는 아직 이른데/ 올해도 맨 먼저/ 붉게 물들어버렸으니까요.

－「단풍나무가 경범죄를 저질렀다」 전문

시가 조금은 우스꽝스럽게 읽힐지도 모른다. 하지만, 나는 이렇게 초안산과 더불어 살고 있다는 것을 축복이고 은혜라고 생각하며 살아가고 있다. 늘 내 옆에 있었다. 앞으로도 내 글의 생산지로서의 역할을 해주리라 믿는다. 인용한 두 작품 모두 시집 『사선은 둥근 생각을 품고 있다』에 수록되어 있다.

이처럼 초안산에는 다양한 매력이 살아 숨 쉬고 있다. 다음에 펼쳐지는 나의 초안산 등산기를 참고해서 직접 찾아오신다면, 우리들이 담아갈 산의 독특한 매력은 생각보다 깊고 넉넉할 것이다.

나는 초안산을 걸었다

2021년 5월 22일 토요일 오후, 나는 집 근처의 초안산에 올랐다. 지하철 1호선 월계역 1번 출구 쪽으로 나가 작은 오솔길로 접어드는 곳에서 산행을 시작했다. 며칠 동안 내렸다 그치기를 반복했던 빗줄기 때문이었을까. 유난히 산이 빚어내는 공기가 맑다. 수량이 풍부해진 중랑천 물소리도 걸어 올라와 나와 함께 흐르는 듯하다. 중랑천은 경기도 양주에서 발원하여 초안산의 동쪽으로 흘러간다. 얼마 걸어가지 않는데, 좁은 산길에 아카시아꽃들이 떨어져 있었다. 며칠 동안 내린 빗줄기가 떨어뜨린 것으로 보인다. 꽃을 주워들었더니, 향기는 아직 살아 꿈틀거린다.

걸음을 재촉하니, 정자 하나가 나를 반긴다. 녹천정(鹿川亭)이다. '녹천'이라는 이름은 우리들의 귀에 익숙한 1호선 녹천역의 그 녹천이다. 영화감독이자 소설가로 문체부 장관까지 지냈던 이창동 감독의 소설 『녹천에는 똥이 많다』(문학과 지성사, 1992)에 나오는 녹천도 바로 그 사슴 '록(鹿)'에 내 '천(川)' 바로 그것이다. 가까이에 녹천마을이 있다.

정자 입구의 안내문에는 이렇게 쓰여 있다. "조선 중기 때 큰 홍수로 지금의 월계로 근방 마을은 모두 폐허가 되었습니다. 이때 마을의 한 사람이 지난밤 꿈에 신선이, "중랑천 가에 푸른 사슴 한 마리가 내려와 목욕을 할 것이니 재물을 바치고, 처녀 한 사람을 사슴에게 시집 보내면 좋은 일이 생길 것"이라는 말을 하였습니다. 그래서 염씨(廉氏) 집의 15살 된 딸을 사슴에게 시집보내기로 하였습니다. 며칠 후 사슴 한 마리가 산에서 내려와 중랑천에서 목욕을 한 후, 처녀를 태우고 동네를 한 바퀴 돌고 사라졌습니다. 그 후 마을 내 천이 흐르면서 물이 빠졌습니다. 이때 한 사람이 "이건 사슴과 결혼한 염씨 처녀의 눈물이

라는 뜻에서 마을 이름을 녹천이라고 하자”라고 해서 마을 이름도 녹천이 되
었습니다.”는 문장이 무척이나 재미있게 읽힌다.

　녹천정 바로 밑에는 “아기 소망을 담은 초안산 마을 여행 승극철 부부 묘”
라는 글이 눈에 띄어 발걸음을 멈추게 한다. 앞에서 서술한 조선 숙종 때 활동
한 정6품 내시였던 승극철 부부의 묘다. 특히, 비문에 새겨진 ‘양위지묘(兩位
之墓)’라는 글자에 눈길이 간다. 그리고 “이는 내시의 부부애를 엿볼 수 있는
소중한 문화유산으로 아기를 소망하는 그들의 염원을 이 길에서 만나볼 수 있
다”는 설명이 붙어 있다. 가슴 뭉클하다. ‘양위지묘’는 두 사람의 무덤이 나란
히 같이 묻혀 있다는 뜻이다. 죽어서도 같이 있고 싶어 하는 마음과 함께 현세

에 갖지 못한 아기를 바라는 간절함이 느껴진다. 이렇게 초안산을 오르면, 산과 산 주변의 땅에 얽힌 이야기와 이정표가 여기저기에서 산행길을 맞이한다. 당연히 산행의 즐거움이 배가된다. 스토리텔링의 기능이 사람들의 가슴에 아로새겨진다.

녹천정을 지나 내가 택한 길은 초안산 축구장을 거쳐 산 정상의 헬기장으로 향하는 코스다. 정상에 도착해도 산 아래 경관을 보는 것은 어렵다. 온통 숲으로 둘러싸여 있기 때문이다. 초안산은 아카시아나무, 갈참나무, 상수리나무,

팥배나무 등이 울창하다. 오월 하순의 햇살이 숲을 뚫고 들어오지 못할 만큼 빽빽하다. 햇살 대신 다양한 산새들만 숲속에서 넉넉하게 제각각의 목소리를 뿌려놓고 있다. 나뭇가지에 찍어놓은 새 소리를 여기저기 퍼 나르는 것은 간간이 불어오는 바람이다. 바람이 연신 내 땀방울을 훔치는 것에 맡겨둔 채, 나는 이 숲에 갇혀 내 모든 것을 풀어헤쳐 놓고 싶었다. 힐링이라는 것도 자유라는 것도 여기서는 누리고 싶은 자의 몫. 물을 마시고 갖고 온 과일을 한 입 베어 무니, 무릉도원이 따로 없다. 내 모든 근심을 내려놓고 한참을 머물렀다.

물론, 초안산은 높지 않은 산이라 정상까지는 그리 오랜 시간이 걸리지 않는다. 어느 한 쪽만의 코스를 택해서 걸으면 산책길이라 해도 과장된 표현이 아니다. 그러나 초안산 나들길은 분묘군 구간, 녹천정 구간, 초안산 정상구간, 이렇게 세 구간을 모두 아우르면 총 4.4 킬로미터나 된다. 모든 길을 둘러봐야만 초안산의 속살과 깊이를 보았다고 할 수 있을 것이다. 소요시간은 두 시간 정도. 난이도는 '중급'으로 표시되어 있다. 산 여기저기에 초안산 근린공원, 배드민턴장, 캠핑장, 골프장도 자리하고 있어 흘러간 역사와 현대가 같이 호흡한다.

나는 하산 길을 세대 공감 공원 쪽을 택하여 창동 주공아파트 4단지로 향하였다. 녹천역으로 갈 수 있는 길이다. 녹천역을 가로질러, 다시 중랑천 산책길을 택하여 집으로 돌아왔다. 맑아진 천에는 붕어와 잉어가 가득하다. 가끔씩 두루미가 날아와 쉬는 모습도 이제 이곳 사람들에게는 익숙한 풍경이다.

한편, 월계동 염광중학교 방면으로 가면 비석골 근린공원이 있는데, 꼭 가볼 만한 곳이다. 초안산의 서쪽이다. 이곳은 초안산 곳곳에 방치되어 있는 석물(石物)을 한데 모아 놓은 '조선시대 묘 석인상 전시공원'의 성격을 띤다. 문관상(文官像) 13기, 동자상(童子像) 6기, 망주석(望柱石) 8기, 비석 2기 등, 총 31기의 석물이 있다. 조선시대 사람이 현대에 살아와 이런저런 얘기를 들려주는 것 같다.

또한, 월계동에 자리 잡은 인덕대학교 쪽으로 가면 일제강점기 예안이씨 이조판서 공파 관련 주택인 월계동 각심재(月溪洞恪心齋)가 있다. 이 주택은 서울특별시 민속자료 제16호로 지정된 곳. 1930년대 후반기 개량한옥이 가지고 있는 많은 기능적인 요소를 상류 주택 설계에 도입하여 한국주택사의 자료로도 중요한 의의를 갖는다. 보고 싶다는 호기심이 생길 것이다.

이 외에도 초안산에는 허공바위, 달샘약수터 등 산행의 피로를 풀어줄 만한 곳이 여기저기 자리 잡고 있다. 곳곳에 아기자기한 이야기와 오랜 시간을 지켜온 다양한 생태가 현대인의 지친 삶을 편안하게 해준다. 초안은 '편안하게 잠들다'는 말에서 유래했다. 동쪽으로 중랑천이 서쪽으로 우이천이 흐르고, 영축산과 오패산이 앞을 막아주고 있어 풍수지리학적으로도 명당의 요소를 품고 있다.

우리 조상들이 남긴 유적과 발자취를 살피는 일은 지금의 우리에게는 무척이나 의미 있는 시간이다. '온고이지신(溫故而知新)'이 그러한 일의 중요성을 일깨워주는 말일 것이다. 초안산은 옛이야기와 다양한 생태를 품고 있다. 그러한 매력이 우리를 편안하게 맞이한다. 매해 열리는 '초안산 문화제'도 사람과 산의 공존, 사람과 문화의 공존을 축하하는 한바탕 축제다. 나는 초안산이 늘 내 옆에 있어 줘서 고맙다. 내 삶의 동반자여서 행복하다. 지금도 내 귀에는 '언제까지나 행복한 날들을 베풀어주고 싶다'는 초안산의 속삭임이 들려온다. 메아리처럼.

3

노원의
감성을
걷다

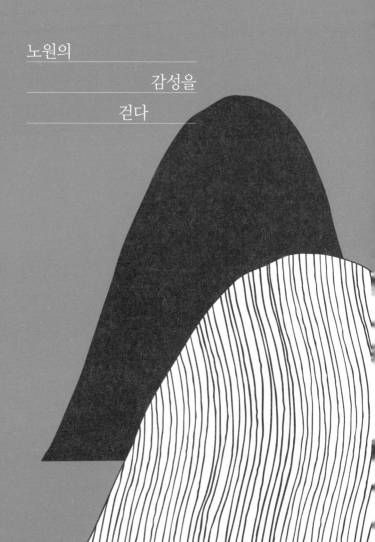

우리는 모두 한 번쯤 상계동에 살았겠지요

최현우[*]

현재 노원의 랜드마크인 롯데백화점은 2002년 당시에 '미도파 백화점'이었다. 지하철 4호선과 7호선이 교차하는 노원역은 물론이고, 차량이 동부간선도로로 빠져나가는 데에도 길이 순하고 넓었고, 그 주변으로 서울 중심부에나 있을법한 식당과 가게들이 몰려 있었으므로 노원은 자연스럽게 북부지역의 문화적 요충지로서 번화했다. 초행하는 이에게도 넓고 큰 사거리에 놓인 백화점을 찾으라고 하면 헤맬 필요가 없었다. 백화점 정문 앞에는 지금에야 적당하게 느껴지는 널찍한 광장이 있는데, 당시 미도파 백화점 광장은 우정과 사랑이 시작하고 또 끝나기도 하는 낭만적인 장소였다. (미도파 백화점의 로고가 비둘기 날개를 형상화했다는 소문이 돌아서 또래들은 비둘기 광장이라고도 불렀다. 그 때문인지 비둘기가 너무 많아서 백화점에서 비둘기에게 먹이를 주지 말라는 걸개를 내걸기도 했다.) 열네살이었던 내게 미도파 백화점은 빈곤한 주머니 사정으로도 한여름 더위를 피하며 예쁜 옷과 깔끔한 푸드코트에서 소소한 먹거리를 탐할 수 있던 동화 속 궁전 같은 곳이었다. 어쩌다 소중한 친구와 시간

• 2014 조선일보 신춘문예 시 부문 당선. 시집 『사람은 왜 만질 수 없는 날씨를 살게 되나요(2020)』 외.

을 보낼 때면 우리는 꼭 미도파에 갔다. 그 시절 청소년들의 풋풋한 연애는 미도파에 함께 가자는 말로 시작되곤 했다.

2002년 미도파 백화점은 아마 노원구에 사는 모든 구민들에게 잊힐 수 없는 장소일 것이다. 한·일 월드컵의 열기는 나라 전체를 뒤흔들 만큼 대단했고, 당연하게도 사람들은 가장 많이 모일 수 있는 장소를 찾아 모여들었다. 당시 교복 대신 입어도 누구도 말리지 않았던 'Be The Reds!' 티셔츠를 주워 입고 나 역시 친구와 함께 광장으로 갔다. 그때의 풍경은 여전히 잊을 수 없다. 그렇

게 수많은 사람들이 같은 색깔의 옷을 입고 같은 함성과 탄식을 지르며 같은 눈물을 흘렸다. 미도파 백화점은 그해에 회사가 부도 정리를 하여 롯데계열로 인수될 예정이었지만, 지역 주민에게 선사하는 마지막 선물처럼 큰 전광판을 설치하고 광장을 개방했다. 포르투갈전이었던 것으로 기억하는데, 본선 진출이 걸린 경기 후반부에 박지성의 골이 터졌고 그 일대는 인종과 국적, 아마 부모의 원수와 함께했더라도 상관없이, 모두가 꺼안고 기쁨을 누렸다. 인근의 식당들은 무료로 음식을 퍼 날랐고, 전광판이 멀어 화면이 잘 보이지 않는 사람들을 위해 가게들은 영업을 접은 채 큰 텔레비전을 설치했다. 그날은 늦은 밤까지 사람들이 거리에서 놀았고, 난생처음 남녀노소의 모든 경계를 허물어뜨린 환희의 붉은색으로 노원역 일대가 물들었다. 그런 일생일대의 축제를 경험해본 세대라는 점이 그 시절 모두에게는 아주 오래도록 자랑거리였다.

나는 초등학교부터 대학을 졸업할 때까지 상계동에 살았다.

상계초등학교를 졸업하고 온곡중학교를 거쳐 재현고등학교에 진학했다. 집은 몇 번이고 이사했지만, 동네와 옆 동네를 오가는 수준이었다. 상계초등학교 앞에는 지금은 그 흔적이 다 사라졌지만, '럭키마트'라고 이름 붙인 작은 슈퍼가 있었다. 당시 푸근한 인상의 주인아저씨가 계셨던 것으로 기억하는데, 아이들 사이에서 럭키마트의 아저씨는 유명한 인기쟁이였다. 우리에게 그 어디서도 볼 수 없던 신형 달고나 기계라는 신문물을 처음 도입해준 분이었기 때문이다. 동네의 다른 문방구나 슈퍼에서는 달고나를 만들기 위해서 부탄가스를 사용하는 버너를 썼는데, 어린 초등학생이 자칫 위험할 수 있으므로 부모님에게 걸리면 크게 혼이 나는 상황이었다. 그때 바로 럭키마트가 구세주처럼 등장한 것이다. 초등학생의 가슴 정도 오는 높이의 자판기처럼 생긴 그 기계는 상판에 딱 국자 크기의 열선 화구가 두 개 있었고, 백 원을 넣으면 소량의 설탕이 국자에 자동으로 쏟아져 나오고 화구에 열이 들어왔다. 국자를 올려 설탕이 다 녹을 때쯤이면 닫혀 있던 베이킹소다 통의 뚜껑이 열리고 나무젓가락으로 콕 찍어 휘저은 다음 화구 옆 철제 판에 쏟아서 모양틀로 찍어내는 순서였다. 심지어 완성된 달고나를 떼어내다가 부서지지 않도록 주인아저씨가 수시로 밀가루를 살살 뿌려두는, 초등학생들의 완벽한 천국이었다.

중학교에 들어서고 나의 놀이터는 중랑천이었다. 당시 집에서는 꽤 걸어가야 했지만, 지금은 문화의 거리로 꾸며진 노원역 일대를 구경하면서 노원구청 쪽으로 걷다 보면 풀 냄새와 물 냄새가 진해지는 천변이 나왔다. 아주 멀리까지 걸어갈 수는 없었고, 공릉동을 지나 월릉교를 찍고 돌아오는 것이 내가 사랑하던 산책 코스였다. 그렇게 왕복하면 빠른 걸음으로 2시간 정도였는데, 중간지점인 녹천교 근처에 무서운 고등학교 형들이 몰려 있는 날에는 슬며시 돌아서 재빠르게 도망갔다. 봄에는 물가 근처로 벚꽃과 개나리와 목련과 진달래가 폈고 여름에는 매미가 잔뜩 울었다. 가을에는 듬성듬성 갈대나 억새가 보였고 겨울에는 산책로 주변으로 사람들이 만들어놓은 크고 작은 눈사람들이 장식물처럼 놓여 있었다. 학교 수업이 끝나고 집에 가방을 벗어놓은 채 어울리는 친구들과 중랑천에서 만났다. 친구 하나가 우리의 산책 코스 중간지점에서 최신 컴퓨터를 들여놓은 피시방을 발견했고 중랑천은 오락을 향한 위대한 여정에 놓인 잘 꾸며진 모험로였다. 나는 당시만 해도 순진했던 터라 이성을 사귀고 싶다는 생각은 해본 적이 없었지만, 연애를 일찍 깨우친 친구들은 애인과 손을 잡고 중랑천을 걷다가 다른 친구에게 걸려 다음날 전교생의 입에 오르내렸다. 스마트폰이 없던 시절이고 휴대폰이라고는 전교에서 얼마 가지고 있지 않았던 그때도 누구의 애인인 쟤가 다른 개랑 손잡고 중랑천에 있더라, 하는 식의 분란이 있었다. 논란의 당사자들은 선생님들에게 걸릴까 봐 학교 근처에서는 못하고, 꼭 중랑천 어느 다리 밑으로 나와, 하고는 그 밑에서 주먹다짐을 벌였다.

중학교를 졸업할 때쯤부터 학교가 끝나면 중랑천이 아니라 중계동 은행사거리로 향하는 친구들이 많아졌다. 당시 '강북의 강남'이라는 모토로 은행사거리에 대형 입시학원들이 몰려들었고, 학교 하굣길 정문 앞에는 노란색 버스가 끝없이 줄지어 서서 학생들을 태워 날랐다. 은행사거리에 있는 학원에 다니는 친구들은 아주 부자는 아니지만 일대에서 물질적 부족함이 없는 집안의 친구들이었고, 대학 입시에 대한 위기감을 조성하는 문구로 가득한 전단을 한 번이라도 본 학부모들은 어떻게든 은행사거리의 학원으로 자식을 보내려고 애썼다. 나는 다행히(?) 부모님으로부터 공부에 대한 압박이 크지 않았으므로 중랑천에 갈 수 있었지만, 어쩐지 혼자 하는 산책은 외롭고 쓸쓸해서 자주 가지 않게 되었다.

그쯤, 학교를 마치고 돌아와서 할 일이 없던 나는 백화점 맞은편으로 건너 중계역 쪽으로 조금 걸어가면 있는 서점으로 자주 갔다. 지금은 다른 이름으로 운영되지만, 현재도 여전히 서점으로 남아 있는 '노원문고'였다. 딱히 책을 엄청나게 좋아한다거나 그때부터 문학적 기질을 발휘했던 것은 아니고, 단순히 돈이 없어도 오래 있을 수 있는 공간이었기 때문이다. 지금도 크게 다르지는 않지만, 그때의 서점은 학생이 교복을 입고 가면 책 한 권 사지 않고서 몇 시간 있어도 쫓아내지 않는 곳이었다. 여름이면 에어컨이 나왔고, 겨울이면 히터가 나왔다. 거기서는 책을 읽는 일 말고는 딱히 할 일이 없으므로 나는 아무 책이나 집어 읽기를 반복했다. 그쯤에 나는 짝사랑을 닮은 첫사랑을 앓고 있었고, 혼자 하는 이별은 어린 나의 감수성을 끝없이 넓혀 놓기에 충분했다. 마침 시집 코너 밑에 앉아 있기를 좋아했는데, 그 이유는 단순히 시집 코너에는 사람들이 잘 오지 않기 때문이었다. 그때 시간을 축내기 위해 시집을 읽기 시작했다. 거기서 오규원 시인을 만나고 이성복 시인에게 감탄하고 최승자 시인 때문에 울기도 했다. 이 글에서 밝히기에는 아주 부끄럽고 또 부적절할지 모르지만, 나는 언젠가 노원문고에서 시집을 한 권 훔친 적이 있다. 시집 한 권에 7, 8천 원 하던 시절이었음에도 그 정도 가격은 내 일주일 용돈의 거의 전부였고, 반년 넘게 지켜본 결과 시집은 거의 아무도 사지 않는다는 것을 알았기 때문에 감행한 못된 짓이었다. 그 책은 기형도 시인의 『입 속의 검은 잎』이라는 시집이었는데, 책을 사기 위해 돈을 타면 흔쾌히 내어 줄 부모님이라는 걸 알고 있었지만, 어쩐지 나도 모르게 그 시집을 읽다가 외투 주머니에 쑥 넣고 만 것이다. 시집은 얇고 작기 때문에 외투 주머니에 넣어 훔치기에 알맞고 티가 나지

않았다. 기형도 시인이 꼭 내 마음속에 들어갔다가 나온 것처럼 여겨졌기 때문이었을까. 비겁한 변명이겠지만, 그때 훔친 그 시집 때문에 어쩌면 내가 시인으로 살게 된 건 아닐까 생각한다. 인생의 첫 이별과 인정 넘치는 동네 서점은 철없고 소심한 아이를 시인으로 만들기도 한다. 물론 이 글을 당시의 노원문고 사장님께서 읽게 되신다면, 두 무릎을 꿇고 정말 죄송한 마음과 함께 지금의 제가 꼭 책값을 갚겠다고 전하고 싶다. 시인이 되어 돌아간 노원문고는 이미 이름이 바뀌고 다른 서점이 되어 있었다.

부모님의 자의 반 타의 반으로 중학교까지는 집과 학교가 가까웠지만, 고등학교에 들어가서는 학교와 집이 꽤 멀리 떨어지게 되었다. 자전거를 타고 학교를 오갔다. 또다시 부끄러운 고백이지만, 나는 아침마다 고등학교 정문에서 벌어지는 두발 단속에 걸리지 않으려고 새벽 6시에 등교했다. 그때쯤부터 밤마다 책을 보거나 컴퓨터로 영화를 보거나 잡글을 쓰는 야행성 생활을 시작했으므로, 밤을 꼴딱 새우고 일찍 등교해서 쪽잠을 자는 식으로 살았다. (여러모로 모범적이지 않은 나의 유년이 독자들께 폐가 되지 않기를 빈다…) 아무튼, 나는 새벽 등교를 하다가 자전거를 세우고 꼭 편의점에 들러 초코우유를 사서 '삿갓봉 공원'에 앉아 우유를 마셨다. 삿갓봉 공원은 중계동 아파트 단지로 둘러싸인 그리 크지 않은 근린공원이었지만, 불암산과 가까워서 높고 순한 불암산 산세가 잘 보였고 비가 오는 날에는 불암산에서부터 내려오는 깨끗하고 편안한 숲 냄새 속으로 마음을 놓기에 좋은 장소였다. 새벽의 공원은 아직 사람들로 분주하지 않아서 마치 홀로 다른 세계에 앉아 있는 느낌이었다. 안개가 자주 깔렸는데, 슬픈 일이 있으면 그 공원 정자에서 조금 울다가 학교에 갔다. 내게는 아주 작은 자연이었고, 아파트와 아스팔트로 둘러싸인 삶 속에서 마음의 맨발을 내밀 수 있는 가장 소중한 자연이었다. 야간자율학습이 끝나면 집으

로 돌아가기 전에 친구와 함께 앉아 고민을 털어놓는 장소였고, 학교에서 합창단을 했으므로 합창단원 몇 명과 잘 맞지 않는 화음을 다듬으며 노래를 부르다가 근처에 사는 어른께 혼이 나기도 했다. 공원의 이름이 하필이면 '삿갓봉'이라서, 남고에 다니는 혈기왕성한 학생들의 짓궂은 장난 소재가 되기도 했다.

자전거를 타면 멀지 않은 곳에 친구들과 단골 식당을 만들었다. 당고개역은 4호선 종착지였고 창동역에서부터 당고개역까지는 지하철이 지하가 아니라 고가로 다녔다. 상계역과 당고개역을 잇는 고가 밑으로 오래되고 허름해 보이지만 그 동네에 사는 사람이라면 도저히 한 번만 갈 수는 없는 숨은 맛집들이 즐비했다. 친구들과 나는 당고개역 근처, 속칭으로 굴다리라 부르는 곳에 있는 곱창전골집을 수없이 드나들었다. 그 집은 자세히 보면 아주 작은 나무 간판이 있었으나 칠이 벗겨져서 누구도 가게 이름을 제대로 아는 사람이 없었고, 우리는 그곳을 '굴다리 곱창'이라고 불렀다. (지금 생각해보면 사실 당고개역에는 굴다리라고 부를 만한 구조물이 없었는데, 모두가 그냥 굴다리라고 잘못 부르고 있었다.) 굴다리 곱창집을 우리가 애용하게 된 이유는 무엇보다도 가성비였다. 주인 할머니와 며느리인지 딸인지 모를 아주머니와 그 아주머니의 딸로 보이는 젊은 분까지 세 분이 운영하고 있었는데, 할머니는 자주 나오지 않으시고 아주머니께서 주로 계셨다. 굴다리 곱창의 곱창전골은 1인분에 8000원이었는데, 네 명이 가서 2인분을 시키면 6인분 정도의 양이 나오는 어마어마한 곳이었다. 푸짐한 당면과 야들야들하게 익은 곱창을 들깻가루 가득한 가게 비법 양념장에 찍어 먹는 게 그 시절 우리가 몰두했던 먹거리였다. 게다가 처음엔 전골을 다 먹고 볶음밥을 공짜로 볶아주셨는데, 어느 날부턴가 1인분 2000원을 내야 했다. 그러나 2000원만 내면, 몇 명이 가든 사람 수만큼 볶음밥이 나왔다. 지금 생각하면 한창 많이 먹는 고등학생들의 배를 생각해주셨던 인정이 아니

었나 싶다. 굴다리 곱창집은 당고개역 주변이 재개발되면서 사라졌다.

당고개역에서 끝나는 선로 너머로 서울과 경기도의 경계를 나누는 수락산이 솟아 있다. 수락산은 서울 북쪽에서 북한산과 도봉산 다음으로 높고 넓은 산이다. 수락산 지대에는 작은 빌라들과 좁은 골목들이 서로 얽혀 돋아나 있었는데, 당고개역에 내려서 수락산 방향을 올려다보면 펼쳐지는 마을들은 어딘가 뭉클하고 멋진 광경이었다. 나중에야 알게 된 사실은 당고개역 부근의 그 마을들이 그보다 오래전, 청계천 개간 사업으로 인해 살던 곳에서 밀려난 사람들이 모여 만든 동네라는 것이었다. 당시에 사람들은 그 동네를 달동네라고 불렀고, 달동네라는 이름은 어쩐지 달에 가까운 동네라는 뜻 같아서 문득 아름답게 여겨지기도 했다. 밤에 멀리서 보는 그 동네는 전깃줄로 이어진 가로등 불빛들이 마치 별자리의 별들이 땅으로 쏟아져 내린 듯이 보였다.

삶에서 소중한 것들은 익숙함이라는 표정으로 인생의 보이지 않는 안쪽을 지탱한다. 사람은 그 표정에 속아 그것을 잃어버리고 나서야, 항상 변함없으리라 믿었던 그것들이 사라진 자리에 자신의 마음이 놓여 있었음을 깨닫는다.

노원을 떠나기로 마음먹었던 건 대학을 졸업하면서였다. 서울권 예술대학에 진학해서 상계동에 살면서 통학할 수 있었지만, 집안의 형편이 크게 펴지 못하면서 방이 작아졌다. 여동생을 생각하니, 이제 여동생도 성인이 되었는데 방에 들이고 싶은 화장대나 옷장 같은 자신만의 물건들을 여전히 포기해야 하는 처지가 안쓰러웠다. 물론 나 역시 그쯤에 이르러, 부모님의 손에서 벗어나 자신만의 생활을 꾸려나가는 진정한 성인으로 사는 삶을 갈망하고 있었다. 무엇보다 유년을 보낸 상계동을 떠나, 다른 곳에서 다른 사람이 되기를 꿈꿨다.

6평짜리 원룸에서 시작한 독립은 생각보다 가난했고 어려웠다. 그러나 이 역시 지나야 하는 성장통 같은 것으로 여기며 익숙하고 편한 곳으로 돌아가지 않으려 애썼다. 그러다 한동안 마음의 병이 생겼다. 부끄럽게도 다 자라서 부모님의 손길이 필요했다. 오랜만에 돌아갔던 노원, 상계동. 때로는 지겹게 여기기도 했고 슬픈 일도 많았던 이곳으로 돌아와서, 나는 내가 겪는 마음의 병이 오직 나의 잘못으로만 이루어진 나의 죄악이 아님을 깨달았다. 나는 나를 괴롭히고 나를 아프게 하는 데에 골몰했었다. 너무 많은 세상이 나를 지나가는 동안, 내 영혼에 필요했던 건 다시 돌아갈 수 있는 장소였다. 내가 자라는 동안, 먹고 겪고 걸었던 그곳. 그곳은 변했으나 많이 변하지 않은 모습으로 여전하게 손을 잡았다.

지금도 한 달에 두세 번은 상계동에 간다. 부모님과 동생이 아직 상계동에 산다. 나는 일부러 중계역에서 내려 당현천을 따라가다가 상계역에서 올라선다. 예전보다 잘 정돈된 산책로에는 해맑은 강아지들의 산책이 즐겁다. 강아지들의 보폭을 따라 걷기도 하고, 그늘이 순하게 내린 벤치가 있으면 앉아서 사진도 찍는다. 상계역에서 올라와 상계중앙시장에서 간식을 사고 본가가 있는 동네로 올라가면서 부모님이 꼭 차려주시는 밥상 생각에 두근거린다.

그러므로 어쩌면 나는 이제야 조금 삶을 이해하기 시작한 걸지도 모르겠다. 삶에서 앞으로 나아간다는 건, 꼭 방향이 앞일 필요는 없다는 것. 돌아가는 일이 정말로 돌아가는 일은 아니라는 것. 상계동이 나를 기르는 동안, 나 역시 마음의 가장 낮고 튼튼한 곳에 상계동을 기르고 있었다는 걸 이제는 조금 알 것 같다.

언제든지, 우리는 우리의 동네로 다시 갈 수 있다.

나의 둘레, 기묘하게 커다란 계절과 사랑

— 서울과학기술대학교 붕어방

김연덕[*]

나는 2014년 봄부터 2017년 초겨울까지 서울과학기술대학교 학부생이었다. 그 말인 즉슨 과기대를 졸업하지는 못했다는 뜻인데, 2014년에 신입생으로 입학했던 내가 2017년에 학부 자퇴생으로 학교를 떠났으니, 이십대 초반의 전부라고도 할 수 있는 이 시기는 나에게 확실한 물성으로도, 어렴풋한 꿈으로도 남아있는 묘한 온도와 무게의 시기다. 학업에도, 연애에도, 우정에도 그 어느 시기보다 서툴렀고 또 가장 열성적이었던 시기. 그리고 과기대에서의 그 모든 추억들 가운데에는 늘, 과기대 캠퍼스 한가운데의 어이없을 정도로 커다란 호수, '붕어방'이 있었다.

'붕어가 사는 방'이라는 이름의 붕어방. 노원 13 마을버스의 종착지이기도 했던 붕어방. 한번 들으며 좀체 잊을 수 없는 이름의 이 호수 곁에 나는 자주 머물렀었고, 이 주위를 질리도록 거닐기도 했다. 때로는 누군가와 함께, 때로는 혼자서. 커피나 술을 한 손에 들고 붕어방 주위를 설렁설렁 거닐다 보면 대

• 2018 〈대산대학문학상〉을 통해 등단. 첫 시집 『재와 사랑의 미래』를 출간.

화의 주제가 하나 끝나 있기도 했고, 햇빛의 양이나 바람의 강도가 묘하게 바뀌어 있기도 했으며, 무언가 흐트러지거나 정리되기도 했던 시간. 붕어방은 나무 보호대가 호수를 빙 둘러싸고 있었고, 그 주위를 또 여러 개의 벤치가 둘러싸고 있었는데 역시 작은 나무 계단을 타고 내려가면 더 가까이 호수를 볼 수도 있었다. 그 앞에 고개를 숙인 채 가만히 서 있다 보면 물결의 흐름들 사이에 끼어 있을 수도, 커다랗고 푸릇푸릇한 연잎들 사이사이로 붕어들의 움직임을 감상할 수도 있었다.

떠올려보면 극단적으로 아름답거나 근사한 호수는 아니었다. 오히려 투박하고 단순한, 때때로 '자연의 아름답지만은 않은 면'에 너무 가까이 있는 듯한 기분을 불러일으키던 호수라고 하는 편이 더 맞겠다. 어두워지면 더 어두워보이던 호수(그래서 밤이면 주위로 인공 빛이 반짝 켜지기도 했다. 학생들의 안

전을 위해서였을 수도 있고 호수 자체의 안전, 그러니까 호수 스스로 본인의 아름다움을 훼손시키지 않기 위해서였을 수도 있다), 물비린내를 풍길 때면 그 생활적이고도 불쾌한 냄새가 정말 그대로 전해지던 호수였으니까. 그러나 넓고 커다랬던 캠퍼스에 비해 잘 정리된 산책길이 잘 없던 과기대 내에서, 붕어방은 정말이지 모두를 위한 이정표이자 각별한 호수였다. '붕어방 앞에서 만나' 라는 말이 수도 없이 오갔던 그때 그 시절. 이십대 초중반의 상징과도 같은, 거칠고 찬란하고 불안정한 호수.

붕어방의 계절들, 그리고 붕어방의 아침과 낮과 밤에 대한 이야기를 하지 않을 수 없겠다. 이십대 초반에는 왜 그렇게 학교에 긴 시간 붙어 있었는지. 아침부터 밤까지 학교에 붙어 있던 이유는 아침 수업이 많았기에 그러기도 했지

만(시험기간에는 아예 학교에서 밤을 새고 아침에 시험을 바로 보러 가기도 했다), 가장 친했던 친구가 기숙사 입주생 이었어서 밤새 이야기를 나누고 싶어서, 또 중앙 동아리를 열심히 했었기에 그랬다. 따지고 보면 너무 이른 시간이나 너무 늦은 시간이 아닌, 정오나 오후 시간에도 그랬다. 그때만 하더라도 시간표를 잘 짜는 요령이 부족해 공강들이 많이 생기곤 했는데 동아리방이나 카페에서 시간을 보내는 것에도 한계가 있어서, 자연히 붕어방이 나의 잠깐의 거처가 되어주곤 했다. 시간표 짜기에 실패한 친구들과 함께 우르르 몰려가, 붕

어방 곁의 나무들 사이로 들어오던 햇빛에 눈 찡그리던 시간. 말없이 한바퀴 돌다가 각자의 수업으로 한 명 한 명 들어가던 시간. 마침내 혼자 남았을 때 별 의미없이 또 한 바퀴 둘레를 걷다 멈추다 하던 시간들. 시끌시끌하고도 청명하고 다정했던 낮의 붕어방이 지금도 생생하게 떠오르곤 한다.

밤의 붕어방은 정반대였는데, 글 서두에 밝혀두었듯 밤이면 더 조용하고 으슥하고 무서운 기분마저 들어서, (아마 호수 표면을 완전히 덮고 있던 커다란 연잎들 때문이었을 것이다) 가로등처럼 둘레로 늘 불빛이 하나둘 켜지곤 했었다. 시험 공부나 동아리 활동, 또는 단지 책을 읽으러 도서관에 머물며 늦은 시간 학교에 있었을 때, 그런 나에게 '너는 밤의 학교에 있어'라고 말을 건네주는 듯했던 붕어방의 불빛들이 선연하다. 밤의 붕어방에서는 앞서 말한 기숙사 입주생이었던 친구, 이십대 초반 거의 내 모든 시간들을 함께 통과해온 가장 친하던 친구와 긴긴 이야기를 나누곤 했다. 그때만 할 수 있던 치기어린 고민들에서부터 시작해 지금까지도 이어져 오고 있는 삶에 대한 핵심적인 고민들, 우리만의 농담과 장난들, 학교 앞 맥도날드에서 사온 치킨너겟과 맥플러리를 꺼내두고 끝날 것 같지 않던 이야기를 나누던 밤이 그때의 계절들과 함께 손 안에 아주 가느다란 형태로 잡힐 듯하다. 이 시간이면 우리와 같은 시간을 보내던 사람들이 벤치 곳곳에 자주 앉아 있었는데, 나는 그때마다 모르는 다정함들을 나눠가진 공동체라는 기분 속에 붕어방이라는 공간을 더욱 사랑하게 되었었다. 밤의 둘레에 반짝 켜지던 비스듬한 대화들과 고독. 깨질 듯 찬란했던 그 밤의 바람과 한숨들을 어떻게 다 잊을 수 있을까.

붕어방의 계절에 대해서도 이야기하고 싶다. 붕어방의 봄, 여름, 가을, 겨울, 둘레 나무의 벚꽃과 싱그러운 잎사귀와 낙엽과 쌓이던 눈에 대해. 최대한

적확한 감각들을 빌려와 이야기해보고 싶다. 봄에는 벚꽃 나무를 배경으로 사진을 참 많이 찍었는데, 친했던 친구와 생일이 겹쳤기에 벚꽃 아래서 조그만 선물들을 교환하거나 초와 조각 케이크를 가져와 우리만의 생일파티를 하기도 했고, 스무살 성년의 날에는 그 친구와 서로에게 장미꽃을 선물해주기도 했다. 붕어방 안쪽의 작은 계단을 타고 내려가 스무살 봄의 호수를 눈에 가득 담고, 아직 이 호수와 함께 보낼 많은 날들을 가늠하지도 못한 채 시간을 흘려보냈던 기억이 난다. 그리고 여름의 붕어방. 비 오는 날의 붕어방은 자연히 벤치에 앉지 못해서인지 사람이 적었는데, 비 온 다음날에도 사람이 적었다. 붕어 비린내와 연잎의 오묘한 냄새가 너무 강해 그 앞에 서있기만 해도 여름의 가장 지독한 냄새를 맡아야 했기 때문이었는데, 나도 늘 여름의 붕어방 곁을 지나며 마음이 무거워졌었다. 지금으로서는 커다란 연잎들의 엄청난 냄새와 흐릿한 상들이, 피할 수 없이 고독하기도 불안하기도 했던 이십대 초반의 거대한 이미지처럼 느껴진다.

붕어방의 가을은 가을학기와 함께 시작되었었다. 조금은 익숙해진 그 해에 맞게 은행나무 아래서 사진을 찍던, 막걸리를 마시러 가기 직전 설레는 기분을 안고 반은 기쁘게 반은 쓸쓸하게 걷던 붕어방 길. 아마 사계절 중 나에게 가장 흐릿하게 남아있는 붕어방 이미지가 가을의 붕어방이 아니었을까 싶다. 2학기 기말로 향해가기 전의 잠깐의 붉고 노란 아름다움들. 비슷하게 피곤한 날들이었을텐데도 붕어방의 가을이 가장 짧고 반짝이게 기억되는 것이 신기하다. 겨울의 붕어방은 역시 얼음과 눈으로 뒤덮였던, 그리고 묘하게 힘이 빠지고 묘하게 안심되던 학기의 끝과 시작을 함께 떠올리게 한다. 붕어방에서는 술을 많이 마셔본 적이 없는데, 겨울의 붕어방 했을 때 생각나는 술이 하나 있다. 당시 친했던 친구와 편의점에서 두 캔씩 사와 마시던 '아이싱' 막걸리. 아마 2015년 겨

울일 것이다. 출시된지 얼마 되지 않았던 그 막걸리 캔은, 붕어방을 가득 메우고 있던 얼음색, 붕어방 주위 나무들의 빛나는 앙상함과 닮은 흰색으로 뒤덮여 있었다. 흰색 막걸리 캔을 붕어방 나무 지지대에 세워두고 사진을 찍고, 아주 조금 알딸딸해진 기분 속에서 친구와 한 해를 떠나보내던 슬픔이 지금 이상하게 내게 용기나 위로가 되어주기도 한다. 그때 이미 우리는 이 호수 앞에서 앞으로 우리가 겪을 수많은 상실들을 경험했구나, 너무 어렸는데 그때도 그때 나름대로 우리만의 방식과 우리만의 자연 속에서 이것들을 잘 헤쳐지나왔구나 하는 확신이 드는 것이다. 붕어방이 없었다면, 우리의 상실과 상실의 불가역성, 상실의 아름다움을 이만큼 구체적으로 모아 떠내려 보낼 수 없었을 것이다. 지금까지도 이토록 생생히 기억낼 수 없었을 것이다. 붕어방에서는 사실, 극명한 형태의 아픔을 겪었다거나 엄청나게 술을 마셨다거나 하지는 않았다. 기쁨만은 커다란 형태로 선명한데, 슬픔이나 분노감은 희마하게만 남아있다. 그러니까 그때의 고통들이 한꺼풀 표백된 채로 붕어방 주위를 감싸고 있는듯한 기분이다. 이 모든 것이 나의 착각일 수도 있겠지만.

붕어방을 생각하면 붕어방 주위를 함께 걸었던 사람들, 벤치에서 함께 눈 붙였던 사람들, 시를 나눠 읽었던 사람들 (나는 문예창작과 학부생이었다. 박상수 선생님의 「현대시 연구」 수업이 끝나고, 그때 수업을 함께 들었던 선배 오빠와 정말 순수하게 시 이야기를 하려고 붕어방을 거닐던 것이 생각난다. 그와는 지금까지도 각별한 친구 사이로 잘 지내고 있다.), 할 말이 없어져 때로는 어색하게 눈앞의 연잎이나 물결만 바라보던 사람들, 후배들, 동기들, 선배들, 선생님들이 많이 떠오르지만, 마지막으로 남아 있는 내 붕어방의 이미지는, '나 혼자 앉아 있던 붕어방'의 이미지이다. 아마 그것이 과기대와 나와의, 그리고 붕어방과 나 사이의 마지막 인사, 작별 의식 같은 것이었던 것 같다.

2017년 초, 다른 학교에 합격하게 된 내가 과기대 대학 본부에 자퇴서를 내고 온 날, 나는 나의 가장 많은 시절을 함께해주었던 붕어방 앞 벤치에 혼자 오래 앉았다. 새로 구성해 그날을 복기해볼까 하다가, 당시 적었던 일기의 일부를 옮겨두는 것으로 대신하겠다. 뜨겁고도 차가운 마음으로 기록했던 그날만큼의 생생한 기록을, 다시 해내는 일은 아마 불가능할 것이기에.

> "자퇴서 내고 오래 걸었다. 애쓰지 않아도 떠오르는 기억들 바라보면서 가벼운 건 엄지로 밀어내면서. 대학본부까지 다 돌고 언덕을 넘었다. 볕이 좋아 벤치에 앉아 포장을 끌렀는데 삼나무로 만든 연필 세 묶음이었다.(비평 수업을 맡으셨던 선생님께서 선물해주신 것이다.) 백합향 오렌지향 무화과향. 번갈아가며 냄새를 맡고 몇 번을 더 맡았다. 나무 타는 냄새가 났다. 거기에 말린 꽃 뿌리는 냄새. 향이 너무 좋아서 울고 싶었다. 빙글빙글 돌려봐도 그대로였고 운동화에 묻은 흙도 그대로였지. (…) 연필을 다시 빳빳한 포장지에 싸고 이어폰을 꺼냈다. 여름엔 특히 비릿한 냄새가 심하던 호수 커다란 연잎이 절반 이상 덮고 있는 어두운 호수 분수 없이도 흐릿하고 어수선한 호수. 애리조나 아이스티 들고 자주 왔었는데 스무살에 여기 앉아서 무슨 이야기 했더라. (…)"

마지막으로 붕어방에서 나의 한 시기를 정리하는 시간들을 보낸 후, 동기들과 후배들을 만나러 다시 과기대에 방문한 적은 있지만 전과 같은 농도로 붕어방에 앉아 시간을 보낸 적은 없다. 꼭 지지고볶고 많은 추억들을 공유하던 사람과 다시 가까워지기는 어려운 것처럼, 그러나 가장 순수했던 시절 전심으로 사랑하던 사람과 마주한 것처럼, 헤어진 것처럼. 너무 많은 기억과 감정들을 정리해버려 다시 거기 앉기까지는 용기가 많이 필요할 것 같았다. 앉아버리면, 이미 정리했다고 여겼던 것들이 다시 내 눈앞에 나타나 나를 울게 할 것 같았고 그것이 무엇인지는 정확히 이야기할 수 없지만, 나의 한 부분이 영영 사라져버리거나 들켜버릴 것만 같았다. 그 정도로 애틋한 호수였다.

과기대를 자퇴한 후 나는 한예종에 진학했고, 올해 2월에는 한예종마저 졸업했고, 첫 시집을 냈다. 시집에 묶인 대부분의 시들은 한예종 입학 후 쓴 것들. 그러니까 과기대에서, 붕어방에서 수없이 고치고 쓰고 합평을 받고 와 울던 시들은 한 편도 실리지 않았다는 뜻이다. 이것이 의미하는 건 무엇일까. 그러나 물리적인 형태의 글자들, 개개의 시편들이 시집에 실리지 않았을 뿐, 붕어방에서의 시간들만은, 이십대 초반에 분명하게 보았던 빛과 상실과 혼란과 사람들과 나 자신은, 시집에 아주 강한 형태로 남아있다는 확신이 있다. 그 확신에서 오는 기쁨과 슬픔이 있다.

올 겨울, 붕어방 호숫물이 꽁꽁 얼어 전체를 새하얗게 뒤덮는 날이 오면, 나의 첫 시집 (『재와 사랑의 미래』, 2021, 민음사), 눈부시고 싶은 흰 빛으로만 가득한 시집을 들고 붕어방 앞에 가보려 한다. 그 시절, 나와 함께 아이싱 캔 막걸리를 마셔주었던 친구와 함께.

노원 책방 여행

김은지[*]

나는 자주 걷는다. 불안하면 걷는다. 몸이 뻐근하면 걷는다. 사람이 싫어지면 걷고 사람이 좋아지면 걷는다. 더우면 더워서 비가 오면 비가 와서 걷는다. 시가 안 써지면 걷고 그저 걷고 싶어서 걷는다.

그런 나에게 노원은 아파트를 지나 아파트가 나오는 다소 심심한 곳이었다. 수락산 하이킹 코스도 좋고 중랑천 장미 축제도 좋지만 내가 비로소 즐거운 발걸음으로 집을 나서게 된 것은 책방과 친해지면서라고 할 수 있다.

책방 '지구불시착'은 태릉입구역에서 가깝다. 나는 '파견작가'로서 이곳에서 월 2회 시 모임을 진행하고 있다. 오늘은 시 모임이 없지만 지구불시착에 와서 이 글을 쓰고 있다. 왠지 글이 잘 써지기 때문이다.

지구불시착을 모르시는 분들을 위해 간단히 소개를 드리면, 방금 사장님과 고민을 한 결과 간단히 소개를 할 수가 없다! 복잡하게 소개를 드리면, 다음과 같다.

한 테이블에는 손님들이 공예품을 만들고 계신다. 공예작가분들일 것이다.

• 2016년 〈실천문학〉 시 부문 신인상. 2021년 책방 지구불시착 파견 작가. 시집 『책방에서 빗소리를 들었다』『고구마와 고마워는 두 글자나 같네』.

책방 불시착은 마을 예술가분들의 활동 터전으로 세상에 하나뿐인 수공예 작품을 여기에서 살 수 있다. 다른 테이블. 사장님의 오랜 친구라고 인사를 나눈 손님은 알고 보니 어딘가에서 책방을 하셨던 분이다. 한참 얘기를 들어보니까 책도 내셨다. 나는 속으로 '모두가 작가인 책방'으로 소개하면 어떨까 했는데, 방금 손님 한 분이 나로부터 대각선 자리에 맥주 한 잔과 함께 앉으시기에 확인을 해봤다.

"혹시, 책 내신 적 있으세요?"

"네."

역시. 이 정도라면 여기 있는 모두가 작가라고 표현해도 좋지 않을까? 벽 쪽 테이블의 낯선 손님에게도 다가가 확인하고 싶지만 자중하도록 하겠다.

지금 '모두가 작가'가 된다는 표현에 대한 저마다의 생각을 이야기하고 있다. '진정한' 작가? 그런 것이 있을지도 모른다. 그러나 이것저것 고려하다 보면 글이 쓰기 싫어질 수도 있다. 사장님은 마치 '재밌게 글쓰기'의 수호자처럼 크게 말한다.

"모두가 작가야!"

그 말에 힘을 얻어 우리들은 글을 쓴다. 꾸준히 쓰다 보면 명작이 탄생하고 그런 글이 수록된 책이 최근 이 책방에서 탄생했다. 『하루만 하루끼』 절찬리 판매 중.

예술 사업을 홍보하러 온 두 분이 포스터를 주고 나가셨다. 포스터를 어디에 붙인담? 책방 벽면은 목판화와 수채화 등의 작품으로 채워져 있다. 이달 말까지 '월간 잡초 초대작전' 전시가 있기 때문이다.

예술을 진정 사랑하고 예술의 저력을 아는 어떤 자본가가 나타나 개성 있는 이 예술가들을 적극 후원해 주면 자연스러울 것 같다. 나는 무명의 마티스와 피카소를 알아본 컬렉터 거트루드 스타인이 된 기분으로 작품 한 점 한 점을 감상한다.

이어서 이곳을 살롱 문화를 꽃피웠던 유럽의 카페와 비유하겠다고 했다. 사장님도 손님도 한 마디씩 거들어 주신다.

"프랑스 남부가 좋겠어."

"남부 아닐 텐데."

"꼭 사실대로 써야 해."

"아니면 더 좋지."

"근데 있었겠지. 분명 그런 카페가 있을 거야."

지금 프랑스 남부 어디에서 예술의 최첨단에 대한 논의가 오가고 있을지 모르겠지만 나는 굳이 멀리 갈 필요가 없겠다. 여기서 이런 대화를 나눌 수 있는 여기가 충분히 좋다.

태릉입구역에서 가까운 지구불시착까지 오는 방법은 다양하다.

우선 7번 출구로 나오면 하늘이 넓고 길다. 오늘은 보드랍고 하얀 구름이 낮게 떠 있었는데 한두 조각의 구름이 아니라 구름 떼를 볼 수 있다. 석계역 방향까지 뒤돌아 구름 떼를 구경했다.

그렇지만 차가 너무 많이 다니고 위험할 수 있으니까 7번 출구에서 나오자마자 오른쪽으로 있는 공원으로 걸어도 좋다. 바람이 불면 쏴아아~ 나뭇잎의 파도 소리를 들을 수 있다. 다섯 발자국이면 정상에 오르는 언덕에 올라 도시를 내려다보는 게 좋아서 나는 이 길을 자주 택한다.

아니면 7번 출구로 나오자마자 묵동교를 건넌 다음 개울을 따라 걸어도 된다. 바로 다음 다리인 구묵동교까지 와서 돌다리를 건너고 계단을 오르면 지구불시착 건물이다.

"저 새 이름은 뭐죠?"

"이렇게 가까이에서는 처음 봐요!"

책방 단골손님들과 잠깐 산책을 나가면 지척의 키 큰 새는 어김없이 환호를 받는다.

"왜가리와 쇠백로요."

나는 새의 발 색깔을 확인하고 대답해준다.

만약 묵동교를 건넌 다음 개울로 내려가지 않으면, 조용한 산책로가 하나

더 있다. 관광지에 가서 원주민들이 찾는 맛집을 찾는 것처럼 숨겨진 고요한 길. 한 번쯤 최단 거리가 아니라 이렇게 살짝 돌아 책방을 찾는다면 복잡했던 마음도 차분해질 것이다.

경춘선 숲길을 걷다 보면 근사한 2층 책방이 하나 나온다. 바로 '책인감'이라는 서점인데 지구불시착과는 또 다른 느낌의 예술적 에너지가 흐르는 곳이다. 창밖으로 철길을 따라 이어지는 벚나무와 트렌디한 상점들, 강아지와 함께 산책하는 사람들을 보고 있으면 현대인들에게 필요한 힐링의 순간은 바로 이런 것이 아닐까 하는 생각이 든다.

대기업을 다니다가 퇴사하신 사장님의 경험 때문인지 이곳은 좀 더 직장인들을 위한 워크샵을 많이 만날 수 있다. 책방에서 듣는 클래식 라이브 연주라든지, 독립영화 북 토크, 와인 모임 등 셀 수 없이 많다.

책인감을 모르시는 분들을 위해 나의 개인적인 경험을 중심으로 소개를 드리고자 한다. 나는 5월부터 책인감에서 '예술로'라는 활동에 참가하게 되었다. 매일같이 책인감으로 출근하다시피 하고 있다. 책인감에서도 글이 잘 써진다. 다양한 장르의 글 중에 특히 '지원서'가 잘 써진다.

그 이유는 남을 돕는 걸 좋아하는 사장님 성품 때문이다. 헌혈을 일상적으로 하는 책인감 사장님. 그는 다양한 지원 사업에 적극적으로 응모하는데, 그동안 알게 된 귀중한 정보를 책방을 찾는 손님들과 예술가들 다른 책방 사장님께 기꺼이 전파한다. 상생 속에서 삶의 기쁨을 찾는 사장님의 모습을 보노라면 나와 다른 예술가들은 어느새 2층 창가 자리에 앉아 새로운 지원서를 작성하고 있다. 실제로 많은 지원서가 선정되어 활발한 예술 활동을 할 수 있게 되었다.

"죄송하지만 휴대폰 충전기 있나요?"

"없는 것이 없어요."

빠르게 변화하는 환경에 발맞추고자 사장님은 삼각대며 카메라 등 방송 장비도 열심히 갖추고 유튜브 제작과 줌 수업 등을 하고 있다. 마이크나 조명을 다른 사람들에게 빌려주고 뿌듯해하는 모습이 자주 목격된다.

예술가들을 많이 만날 수 있고, 글도 잘 써지는 책인감이지만 내가 출근하다시피 자주 이곳을 찾게 되는 이유는 근처에 맛집이 정말 많기 때문이다.

잔치국수에서부터 일본 라면, 파스타며 빵집까지 맛있는 가게가 과기대 앞까지 계속된다.

"은지 시인은 안 좋아하지만 맥주집을 뺄 수 없죠."

"사장님, 은지 시인이 맥주집 쓰면 내가 시켜서 쓴 줄 알 걸요."

맛있는 맥주집도 있다고 한다. 책인감 '상주작가' 이소연 시인은 맥주도 좋아한다. 나는 책인감에서 상주작가로 일하고 있는 이소연 시인과 같이 글을 쓰다가 밥을 먹고 서울과학기술대의 캠퍼스로 산책을 간다.

지금은 코로나로 입장이 통제되고 있지만 과기대는 아름다운 호수가 있어 인근 거주자들에게 좋은 산책로가 되어 주고 있다. 한번은 해가 진 후 호수를 거닌 적이 있는데 멋진 조명 사이로 난 데크를 걷다가 청개구리를 발견했다.

"개구리야, 개구리야, 어디를 가는 중이니?"

청개구리는 거미줄로 다가가느라 바빠 보였는데도 하이쿠를 좀 좋아하고, 이소연 시인의 시를 좋아한다고 대답해 주었다.

노원의 남부에 지구불시착과 책인감이 있다면 노원역에는 복합문화공간 '더숲'이 있다.

"은지야, 우리 집 앞이었으면 나는 맨날 갔을 거야."

부러움 가득한 표정으로 이 말을 한 친구는 광주시에 사는데 더숲에서 상영

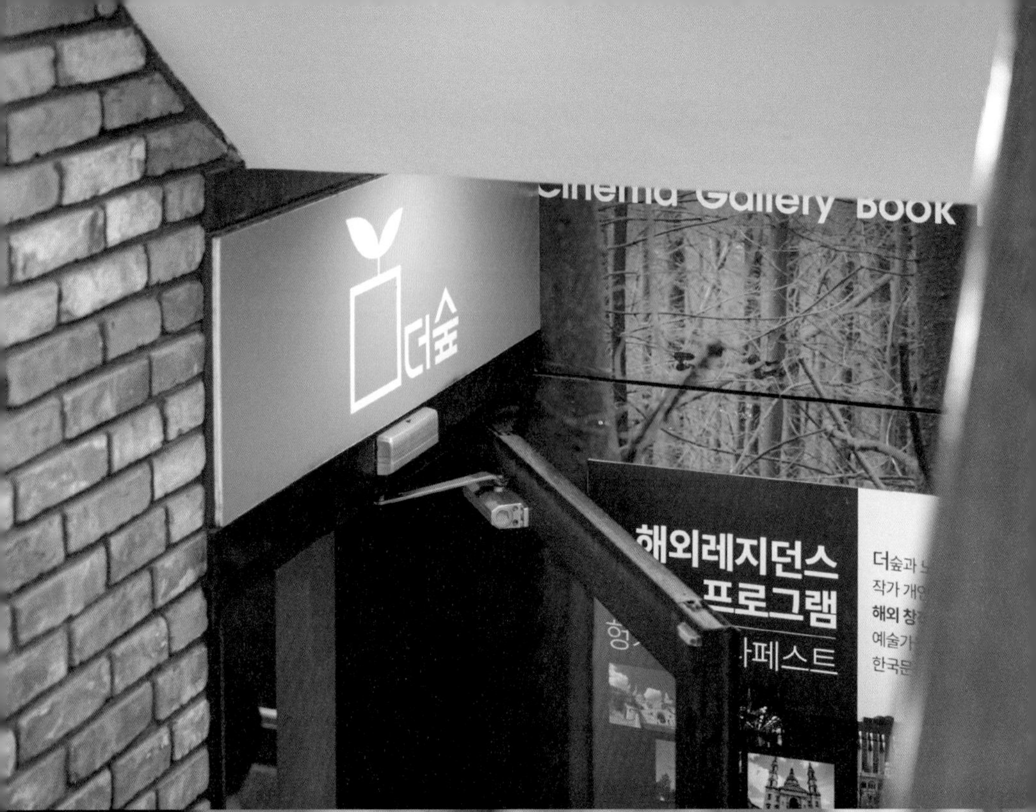

더숲
Cinema Gallery Book
해외레지던스
프로그램

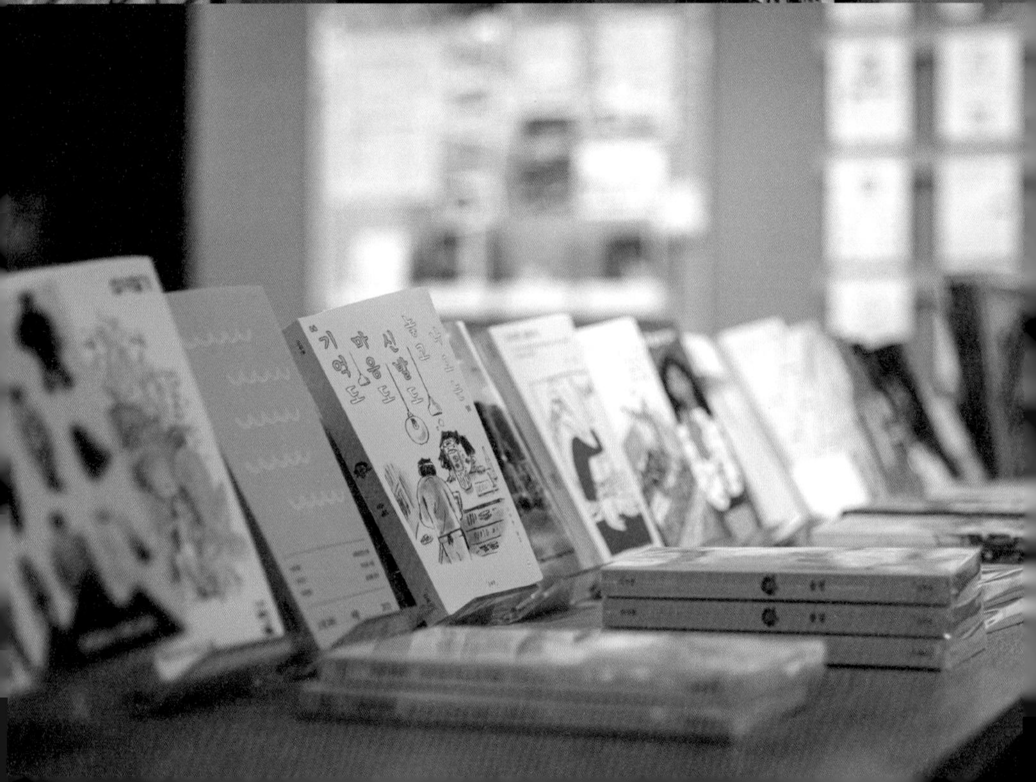

하는 영화를 보기 위해 노원까지 왔다. 영화를 그렇게 좋아하지 않는 내가 봐도 과연 명작이었다. 더숲에서는 두 시간 이동해서 올 만큼 특별한 영화들을 만날 수 있고, 감독이나 배우와 함께 하는 행사도 자주 열린다.

넓고 쾌적한 공간 더숲을 이용하게 된 건 '더숲 낭독회'라는 문학 행사 때문이었다. 유명한 작가부터 잘 알려지진 않았지만 개성이 뚜렷한 작가까지 이곳에서 많이 알게 되었다. 언젠가부터 낭독회가 많이 열리고는 있는데 그런 행사에 참여하려면 홍대나 강남으로 가야 했건만 이렇게 걸어서 갈 수 있는 곳에 작가들이 찾아오니 너무 좋았다. 감기가 걸리거나 하지 않는 이상 참석했던 것 같다.

더숲 뒷골목에는 골뱅이 집과 치킨집, 버섯 칼국수집 등이 있다. 동료 시인들과 여기에서 고민을 많이 나누었다.

"요즘 시가 안 써지네요."

"제가 더 안 써집니다."

"최근에 시 읽어 봤는데 너무 좋던데요."

"저야말로, 다음 시집 기다리고 있어요."

"사실은 요즘 많이 씁니다."

"사실 저도 썼는데."

골뱅이 소면 앞에서 새로 쓴 시의 낭독을 들으며 서로의 시 세계를 응원하고는 한다. 맛있는 가게가 있다는 것은 예술에 얼마간의 영향을 끼치는 것 같다.

노원에 산 지 십 년이 넘었다. 처음에 이곳에 집을 구했을 때 많은 사람들이 내게 말했다.

"이제 여기서 오래 살 게 될 거야."

"다른 데에선 못 살아."

생활 인프라가 잘 갖춰진 곳이라는 뜻이었겠지만 마치 노원 중독에라도 걸린 것처럼 사람들이 자꾸 말해서 나는 자주 노원의 숨은 매력을 찾게 되었다.

아름다운 산세? 교육 환경? 자전거를 타고 이동하기 좋은 평지? 사람들이 노원에 오래 머무르는 이유는 그 밖에도 많이 있겠지만 내가 노원을 떠날 수 없는 건 바로 이 사랑스러운 책방들 때문이겠다.

노원을 걷다

— 노원역 일대

권민경[•]

어딘가를 걷는다는 것은 삶을 채우는 것이다.

산책은 산책자를 채워준다. 생각을 하게 만들고, 또 반대로 생각을 없애주기도 한다. 산책은 쉼이며 동시에 활동이다. 산책은 필연적으로 공간성을 띤다. 어떤 공간을 걸으면서 갖게 되는 느낌이나 생각은 높은 확률로 배경에 영향을 받는다. 사람이 많거나 적은 곳, 개가 많거나 적은 곳, 강이 있거나 없는 곳, 숲이 우거지거나 황량한 곳, 어둡거나 밝은 곳. 이런 주변 환경 산책자에게 모두 다른 영향을 끼친다. 그렇다면 노원역 부근은 산책자들에게 어떤 의미로 다가올까.

노원역 부근의 길은 사실 복잡하고 번화하다. 이른바 슬세권(슬리퍼와 세권의 합성어로 슬리퍼와 같은 편한 복장으로 각종 여가·편의시설을 이용할 수 있는 주거 권역을 이르는 신조어다. / 시사상식사전)이라 불리는 환경이다. 이 지역에 사는 지인들에게 노원역 근처 명물

[•] 2011 동아일보 신춘문에 시부문 당선, 2020-2021 노원 더숲 상주작가. 시집『베개는 얼마나 많은 꿈을 견뎌냈나요』

에 대해 물어보면 잘 모른다고 대답하는 경우가 많았다. 아마 너무 가까이에 존재해서 잊어버린 게 아닌가 싶다. 하지만 분명 노원에는 가고 싶은 곳, 보고 싶은 곳, 특별한 공간이 곳곳에 존재한다. 숨은그림을 찾듯 들여다보면 여러 풍경을 찾을 수 있다. 이런 발견이 노원역 근처의 매력이다.

사실 내가 노원을 걸은 것은 얼마 되지 않았다. 2020년부터 '작가와함께하는 작은서점지원사업'에 참가해왔다. 내 역할은 노원의 〈더숲〉이란 공간에서 시민들을 만나는 일. 문학 상담도 하고 창작 수업도 진행하며 두 해를 보냈다. 자연스럽게 〈더숲〉을 중심으로 내 산책 반경은 점점 넓어졌다.

내가 일하는 〈더숲〉은 꽤나 유니크한 공간이다. 서점, 카페와 베이커리, 영화관, 거기에다 갤러리까지 함께하는 공간은 다른 어떤 지역에서도 찾아보기

힘들다. 지하 1층, 2층을 모두 쓰는 넓은 공간이라는 점도 매력적이다. 멀티플렉스 영화관에선 보기 힘든 독립영화나 예술 영화들을 자주 상영해주기에 찾는 사람들도 많다. 〈더숲〉은 문화공간 역할도 하지만 숨겨진 맛집이기도 하다. 특히 베이커리는 어디에 내놓아도 손색이 없다.

〈더숲〉은 이를테면 둥지와도 같은 곳이다. 공간도 사람들을 감싸 안는 느낌으로 배치돼 있다. 다양한 문화적 혜택이 그리운 사람들이 새처럼 모여들어 더숲의 품에서 오래오래 즐기다 간다. 일상의 평화로움 같은 것이 더숲에 존재한다.

지하에 위치한 〈더숲〉에서 나와 지상으로 올라가면 색다른 풍경이 펼쳐진다. 〈더숲〉 입구 바로 옆에 사람들이 길게 늘어서 있다. 모두 〈구법원 고로케〉 앞에 선 줄이다. 작은 가판에서 끊임없이 고로케나 도너츠를 만들고 있고 사람들 역시 끊임없이 그것을 사 간다. 직장 바로 옆에 위치하니 나도 호기심에 사

먹어 본 적이 있는데 그 이후론 줄이 얼마나 긴지 항상 살펴보게 되었다. 가격도 저렴하지만 정말 맛있어서 기회가 된다면 한 봉지 사 가고 싶은 별미이다. 혹자는 노원역에 오면 이곳에 꼭 들러야 한다고 말할 정도이니 지역 명물이기도 한 모양이다.

〈더숲〉과 〈구법원〉 근처엔 작은 매대촌이 형성되어 있다. 허가받은 곳들로 여러 종류의 분식으로 행인들의 발길을 붙잡는다. 길거리 음식을 좋아한다면 한 번쯤 거쳐 갈 만한 장소이다. 이곳을 지날 때면 어릴 때 시장에서 먹던 먹거리들이 생각난다. 외진 곳에 살아서 5일장이 열릴 때에나 시장에 갔었는데 그곳에서 엄마가 사주던 도너츠 따위의 간식들은 추억으로 남아 있다. 세련된 분위기의 노원역 부근에서 어린 시절 시장처럼 푸근한 기분을 느끼게 해주는 곳이 바로 여기이다.

간식을 먹고 다시 길을 걷는다. 〈더법원〉에서 큰길을 따라 조금 걸어가면 KT노원지사가 나온다. 그 건물에 아직 노원 주민들도 잘 모르는 특별한 공간이 자리 잡고 있다.

〈노원어린이극장〉은 어린이들을 위해 열려 있는 곳이다. 나는 직장에서 가까운데 이런 공간이 있다는 점에서 〈노원어린이극장〉에 관심을 갖고 있었다. 이렇게 접근성 좋은 번화가에 어린이를 위한 시설이 마련되어 있다니 꽤 놀랍고 반가웠다.

아이들을 산책에 이끄는 것만큼 보람된 일이 또 있을까. 어린 산책자들은 주변 풍경들을 보고 듣고 느낀다. 그것을 양분으로 그들의 정서가 자라난다. 나 또한 그러했다. 만약 도시에 아이들이 쉴 만한 공간이 없다면 그 만큼 슬픈 일이 없을 것이다.

2020년 10월에 개관한 어린이극장은 말 그대로 어린이를 위한 문화공연 예술공간이다. 어린이 전용 극장이 지자체에 의해 개관한 것은 서울 내에서도 드문 일이다. 그도 그럴 것이 노원은 아동이나 청소년을 위한 시설이나 복지 시설이 많은 곳으로도 유명하다.

〈노원어린이극장〉은 아기자기하게 꾸며진 극장과 작지만 호기심을 자극하는 체험 공간으로 구성돼 있다. 개관 직후 발생한 코로나 바이러스 때문에 조금 주춤한 상황이긴 하지만 곧 우리 삶이 본 위치를 찾아가면 어린이들을 위해 더 다양한 공연이 열릴 것이다. 어린이가 있는 집이라면 그들의 작은 손을 잡고 이곳에 꼭 들러보면 좋겠다.

어린 산책자들을 위한 문화공간이 〈노원어린이극장〉이라면 남녀노소 모두를 위한 공간도 노원에 존재한다.

〈노원어린이극장〉에서 상계주공 6단지 아파트를 끼고 쭉 걸어 가다보면 노원역 중심가와 조금 다른 풍경이 펼쳐진다. 오밀조밀하게 늘어선 아파트와 빌

라가 산책하는 사람의 기분을 바꿔놓는다. 이런 주택가에 〈상계예술마당〉이 위치한다. 〈노원어린이극장〉처럼 문화예술시설이 번화가에 있는 것도 특별하지만 이렇게 주택가 한가운데서 〈상계예술마당〉을 만나는 것도 재미있다. 누드 공법을 이용한 세련된 외관이 먼저 눈길을 끈다. 예술공간답게, 여타 관공서나 공공시설과 달리 건물의 모습부터 퍽 아름답다.

〈상계예술마당〉은 본래 노원구민들의 예술활동 참여 기회를 높이고자 개관하였다. 시설이 아주 크지 않지만 입장료가 무료인데다가 재미있는 전시가 상시 열리고 있어 언제든 구경 올 만하다. 내가 처음 들렀을 때엔 신진작가전이 열리고 있었다. 지역의 젊은 예술가들의 신선한 작품을 접할 수 있었는데, 꽤 '힙한' 느낌을 받았다. 정중하지만 다소 무거운 여타의 문화시설과는 달리 가벼운 느낌으로 방문할 수 있다는 것도 이곳의 매력이 아닐까. 전시에 따라 관람객의 감상은 바뀌겠지만, 그만큼 다양한 전시가 열리니 취향에 맞춰 방문해도 좋겠다. 이곳이야말로 남녀노소가 들를 수 있는 노원만의 공간일 것이다.

문화예술을 키우는 것은 쉬운 일이 아니다. 갑자기 문화가 생겨나는 것도 아니다. 노원의 한 복판에 〈노원어린이극장〉과 〈상계예술마당〉이라는 나무가 심어졌으니, 이곳의 산책자들이 자주 들러 물을 주어야 풍성히 자라날 것이다.

식사를 위해 다시 주택가를 벗어나 노원역 근처로 되돌아온다. 처음에 들렀던 〈더숲〉이 노원역 남쪽에 있다면 이번엔 역 북쪽으로 걷는다.

식사는 주린 배를 채우는 것도 중요하지만 마음을 채우는 것도 중요하다. 무엇을 먹느냐 만큼이나 어떻게 먹는가, 어디서 먹는가도 중요한 것이다. 노원역 근처에는 사실 맛집이 많은 편이다. 메뉴만 정한다면 어디든 검색해서 갈 수 있다. 그런 중에도 내가 자주 들르는 곳은 〈털보고된이〉이다.

〈털보고된이〉는 생선구이 전문점이다. 노원 문화의 거리에 본점이 있는데, 나는 주로 상계주공7단지 아파트 앞에 있는 직영점에 들른다. 조금 더 한적한 분위기를 즐기기 위해서다. 〈털보고된이〉는 23년 이상 된 오래된 맛집이다. 점심시간엔 자리가 없어 기다릴 정도로 이름이 나 있다. 합리적인 가격도 한몫하지만, 무엇보다 익숙함에서 오는 편안함 때문에 사람들은 계속 여기를 찾는다.

〈털보고된이〉의 2인 정식엔 고등어구이, 우렁된장찌개, 돼지불백이 쌈 채소와 함께 나온다. 출출해진 배를 채우는 데엔 이만한 곳이 없다. 한 끼를 그냥 때울 수도 있지만 집밥이 그립다든가 따뜻한 분위기를 찾는다 할 때엔 이곳이 제격이다. 앞서 말했던 것처럼 식사는 그저 배를 채우는 행위가 아니다. 먹는 행위는 우리의 산책에 에너지가 되어줄 터이나 더욱 그렇다.

식사를 끝내면 이제 디저트를 쫓아 헨젤과 그레텔이 된 기분으로 걷는다. 마침내 과자의 집에 닿는다.

〈털보고된이〉와 얼마 떨어져 있지 않은 곳에 〈몽실디저트〉가 있다. 〈털보고된이〉가 상계주공7단지 중간쯤 위치해 있다면 〈몽실디저트〉는 입구에 가깝다. 노원역에선 3, 9번 출구 근처이다.

〈몽실디저트〉는 우연히 지나가다가 들르게 된 곳이다. 알고 보니 젊은이들 사이에서 유명한 곳이었다. 그도 그럴 것이 작지만 아기자기하게 꾸며진 내부가 사진 찍기 좋은 곳이란 느낌을 준다. SNS에서 소문난 곳으로 특히 이곳 마카롱을 찾아 먼 곳에서 오는 이들도 많다.

프랑스 음식인 마카롱을 한국에서 접하다 보면 사실 맛이 어디든 다 비슷비슷하다고 느낄 수밖에 없다. 그럼에도 〈몽실디저트〉의 마카롱은 굉장히 특이하다. 조리퐁 과자가 박혀 있다든지, 안에 고구마가 들어 있다든지 하는 시그니처 마카롱을 판매한다. 현지화의 좋은 사례랄 수 있는 이 시그니처 마카롱은 노원에서만 맛볼 수 있는 음식으로 입소문을 탔다.

노원역 근처 맛집들의 장점 중 하나는, 차별화를 위한 이러한 노력이다. 노원역 부근에는 아무래도 오래된 곳보다 새로 연 상점이나 프랜차이즈점들이

많다 보니, 서로 비슷비슷하거나 규격화된 집들도 많은 편이다. 그런 곳들과 경쟁하여 자기만의 개성을 찾는 곳들이 곧 이곳의 맛집으로 자리 잡는 듯하다. 그래서 노원역에서 이름난 곳은, 그만큼 그 품질이나 희소성을 인정받았다 할 수 있다.

    노원역 근처에서 길을 걷다 보면 많은 가게, 많은 사람들과 마주친다. 도심을 산책하는 일은 생각보다 쉽지 않지만 그 반대로 얻는 것도 많다. 버지니아 울프는 〈런던거리 헤매기〉에서, 당대 최대 도시였던 런던에서의 산책에 대해 말한다. 그는 도심에서의 산책을 통해 작가로서의 마음을 채우고 새로운 영감을 받았다. 노원에서도 그런 것이 가능하리라. 다양한 공간에서 새로운 경험을 하며 사람들은 도심에서의 산책이 얼마나 자신 가까이에 있나, 그리고 소중한가에 대해 생각하게 된다. 노원은 걷는 사람들을 반기며 함께 걷자고 권유하는 도시이다. 그 중에서도 노원역 근처는 가장 많은 변수와 이벤트가 존재하는 곳이다. 이처럼 번화한 곳에서 새로운 경험과 변화를 마주하는 것 역시, 조용하고 한적한 곳에서의 명상만큼이나 우리 영혼을 채워줄 수 있다.
    노원을 걷는 경험을 여러 사람들과 함께 나누고 싶다.

공릉을 걷고 생각했다

정사민[•]

2012년. 내가 대학에 입학한 해이자, 부산에서 태어난 내가 서울에서 살기 시작한 해.

그리고 공릉동에 처음 도착했던 해다.

지금은 2021년 5월이고, 내가 서울에서 살기 시작한 지 10년이 되는 해이며, 나는 3년 전에 공릉을 떠났다. 나는 이 글을 쓰기 위해 3년 만에 공릉을 방문했다.

기나긴 에스컬레이터와 계단을 지나 7호선 공릉역 1번 출구로 빠져나오며 가장 먼저 들었던 생각은, 변한 게 없네, 하는 생각이었다. 고층건물이 드문 동네 특성상 탁 트인 하늘을 볼 수 있었고, 운 좋게도 미세먼지 없는 늦봄의 하늘은 맑고 푸르렀다. 모교(서울과학기술대학교) 방향을 향해 걷는 동안 새로 생긴 가게들의 간판도 볼 수 있었지만, 낯익은 간판들이 더 쉽게 눈에 띄었다. 새로 생긴 가게들은, 긍정적인 방면(솔직히 말해서 부정적인 면도 꽤 포함되어

• 2019년 〈현대시〉 신인추천을 통해 작품활동 시작.

있다고 생각한다)으로 변화중인 동네가 흔히 그렇듯 유명 체인점들이었다. 3년 전, 내가 떠나던 무렵만 해도 공릉동엔 스타벅스와 버거킹이 없었다. 지금은 둘 다 공릉역 인근에서 쉽게 방문할 수 있지만. 그 외에도 유명 음식 체인점들이 꽤 들어선 모양새다.

과기대 앞은 여전했다. 학교 옆문 쪽, 반기별로 업종이 자주 바뀌던 모퉁이 건물의 2층엔(그래서 2층에 마가 끼었다고 친구들과 농담을 주고받던) 마라 음식점이 생긴 채였고, 서브웨이는 십 미터 인근의 더 큰 자리로 위치만 바뀌었다. 다만 내가 가장 사랑하는 음식점이었던 일식 돈까스 음식점이 사라진 자리가 유달리 눈에 띄었다. 그 가게 사장님의 아들이 나랑 동갑이었고, 과기대 동문이었다.

과기대 정문에서 맞은편 좌측으로 자그마한 골목길이 하나 있는데, 친구들과 과기대 로데오 거리라고 불렀던 곳이다. 사실 자그마한 가게들이 대여섯 개 정도 들어선 아담한 골목인데, 저녁만 되면 술을 마시는 과기대생들이 바글바글해서 붙은 별명이다. (그래서인지 노원구에서 택시를 잡고 기사님께 "과기대 로데오 거리로 가주세요"라고 하면 이 골목으로 차를 몰고 오신다는 유명한 농담도 있다) 내가 알기론 십 년에서 이십 년 가까이 같은 자리, 같은 상호를 유지하고 있는 음식점들이 몇 개 있는 곳으로, 대표적으로 '세겹먹는날', '궁안뜰 칼짚통삼겹살'과 같은 고깃집과 '동학'이라는 막걸리집이 있다. 지나가며 흘낏 보니 여전히 학생들이 바글바글했고, 사장님도 여전했다.

그리고 이유는 모르겠지만 새삼스레(당연한 건가?) 모교로 들어갔다. 왠지 쑥스러운 기분이 들었다. 코로나 시대에 걸맞게, 외부인 출입은 자제해달라는

현수막이 정문에 걸려있었지만, 나는 아직 졸업을 못했으니(아직도 토익 점수를 제출하지 않아 수료 상태다) 외부인이 아니라는 자기합리화를 하며 들어섰다. 학교 안의 모든 것은 여전했고, 공사 중이었던 건물이 반짝반짝한 새 건물로 바뀐 것 정도가 다였다. '붕어방'이라는 이름이 붙은 학교 안의 커다란 호수 주변도 여전했다. 말이 나옴 김에 모교 자랑을 좀 하자면, 교내 부지의 크기가 서울 소재 대학 중 다섯 손가락 안에 들 정도로 큰 편인데, 그 중에서도 언덕길이 거의 없고 평지 위주라서 산책하기 참 좋다. 특히 붕어방 주변 풍광이 좋아서, 학교를 수료할 때쯤 유명 드라마 한 편이 촬영 중이었고, 이후에도 다른 드라마를 보다가 우연히 알게 된 사실인데 촬영 배경이 모교였다. 모교를 배경으로 한 로맨스 드라마를 시청하는 것은(아마 독자 분들 중에서도 유경험자가 있을 테지만) 정말 매우 묘한 기분이었는데, 7년쯤 되는 나의 기나긴 공릉 라이프(?)에서 모교는 내 삶의 일부분이자 모든 인간관계의 중심지였던 탓이다. 나는 붕어방 주변을 걷다가 왠지 심란해지는 마음을 수습하며 문예창작학과 강의실이 있는 어의관을 향해 올라갔다.

　나는 2019년에 등단했는데, 학교를 수료한 뒤 1년 6개월쯤 되던 무렵이다. 마침 비슷한 시기에 평론으로 등단했던 D선배와 함께 내 이름이 나란히 어의관 건물 정문에 현수막으로 걸렸다는 이야기를 건너들었는데, 당시엔 회사 일이 바빠 교수님들께 안부 인사도 제대로 못 드리고 있던 때였다. ……그렇다, 사실은 그 현수막의 실물이 너무 보고 싶었다. 사진으로도 보지 못했고, 음…… 내가 학교에 입학하던 2012년엔 K선배가 시로 등단해서 현수막이 걸려있었는데, 신입생이던 나는 물론 현수막을 보고서도 아무런 생각이 없었지만(그때만 해도 내가 시를 쓰게 될 거라고는 생각도 하지 못했다, 나는 소설을 쓰려고 입학했다) 막상 그 입장이 되니 그 현수막이 보고 싶어지는 마음이란.

당연한 이야기지만 벌써 2년이 지나가는 시점이라 현수막은 없었다. 어의관 안으로 들어가볼까 잠깐 고민했지만, 고민만 하고 들어가지 않았다.

어의관 뒤편의 후문 계단 쪽으로 내려가면 하계동으로 이어진다. 하계동은 가지 않고 다시 정문 쪽으로 걸어 모교를 빠져 나왔다.

서울과학기술대학교 정문의 바로 맞은편 내리막길에도 오래된 가게들이 있다. 조금 더 걸어가면 구 경춘선길과 굴다리가 나오고, 이곳 역시 내가 입학하던 십 년 전에는 제법 삭막한 풍경이었는데, 지금은 재정비사업을 통해 잘 조성된 공원길로 바뀌었다.

재정비사업이 바뀌기 전의 구 경춘선길 역시 내가 자주 산책하던 길이었다. 그땐 녹슨 레일이 그대로 깔려있었고, 레일을 따라 손바닥보다 조금 작은 크기의 자갈이 즐비했다. 나는 주로 조깅을 하며 자갈밭 위를 뛰었는데, 인적이 드문 이 길 주변으로 용도를 알 수 없는 낡은 컨테이너 박스가 드문드문 눈에 띄었고, 이따금 정말 용도가 궁금한 붉은 실내조명이 켜져 있는 컨테이너 박스도 있어서, 약간 무섭기도 하고 굉장히 특색 있는 삭막함이 느껴지는 기찻길이었다. 지금은 물론 사라지고 없다. 후술할 테지만, 반대 방향의 '공리단길'에 비하면 매우 한적한 편이라, 이 길은 좀 더 여유 있게 산책하기 좋다. 이 길을 따라가면 하계동 방향으로 이어진다.

공릉동에 거주해본 사람들은 흔히 공감하는 이야기겠지만, 이 동네는 정말 살기 좋다. 대학생이 많고 인근에 버스 및 택시 사업소가 있어 식당 음식이 맛있고 저렴한 편이다. 공릉동 주민이 문화생활을 위해 외출한다면(주로 영화 관

람을 위해?), 가까운 노원역을 방문하기 마련인데, 학교에서 노원역까지 걸어서 40분 내지 50분 거리였다. 늦은 밤 친구들과 영화를 보고 난 뒤엔, 돈을 조금이라도 아끼려고 택시를 타지 않고 자취방이 있는 공릉동까지 걸었는데, 노원역에서 중계동, 하계동을 차례로 지나 걷다 보면 예의 그 기찻길 주변으로 오게 된다. 앞서 모교의 장점이 넓은 평지라는 점을 이야기했는데, 사실 그 특징은 노원구의 장점이기도 해서, 걷기가 편했다. 또 생각해보면, 택시비를 아낀다는 측면도 있고, 혈기왕성한 때라 걷는 게 그리 힘들지도 않았지만, 함께 걸으면서 많은 이야기를 주고받는 것 자체가 가장 큰 즐거움이었던 것 같다. 지금은 혼자였고, 최근에는 혼자 산책하는 일이 훨씬 잦지만, 공릉에서 혼자 걷다보니 기분이 또 미묘해지는 것을 어쩔 수 없었다.

하계동 방향의 기찻길에서 공릉동 방향의 기찻길로, 쭉 걷다보면 다시 공릉역 인근의 대로변을 지나게 된다. 횡단보도를 건너고 나면 이 동네의 가장 '힙'한 길인, 공리단길이 나온다. 공리단길은 10년 전 재정비사업을 시작하던 때만 해도 공사장의 현수막과 임시가벽으로 삭막하기 짝이 없던 길인데, 약 5년 전 재정비가 끝나고 산책로가 조성된 이래 길 양옆으로 소규모의 음식점과 카페가 들어서기 시작하며 현재는 공릉동에서 가장 인상 깊은 길로 탈바꿈했다. 그게 어느 정도냐면…… 과장을 조금 보태서 외국여행을 온 것 같았다.

횡단보도를 지나 5분쯤 걷다 보면 잘 정비된 산책로 좌우로 학생들이 거주하는 원룸 건물과 작은 빌라들이 가득하고, 또 각 건물의 저층에는 '체인점이 아닌'(이것은 꽤 중요한 포인트 같다) 개성 강한 가게들이 쭉 늘어서 있다. 대표적으로 유명한 맛집인 '일상다반'이 있는데, 처음 생겼을 때부터 단골이 되

었다가 나중엔 입소문을 타고 사람들이 줄을 서기 시작하는 바람에 점점 가지 못하게 되었던 곳이다. 연어덮밥이 대표적인데 그냥 모든 메뉴가 다 맛있다.

내가 졸업작품을 전시했던 독립서점을 방문하고 싶었지만 사라지고 없었다. 대신 반개방 형식의 아기자기한 카페와 음식점들을 계속 볼 수 있었는데, 삼 년 전보다 더 업종과 분위기도 다양하고 무엇보다 사람들이 가득했다. 특히 유럽풍의 노천카페 형식으로 테이블이 길가에 나와 있는 곳들이 꽤 있는 데다 손님들이 테이블에 가득하다보니, 더욱 이국적으로 느껴졌던 것 같다. 내가 이 동네를 떠날 때만 해도 이 정도는 아니었는데…… 하는 생각이 들었고 그냥 담소를 나누는 사람들을 보는 것만으로도 즐거웠다. 구 경춘선(기찻길)을 따라 조성된 산책로도 보행자들과 반려동물들, 자전거 도로를 움직이는 라이더

들의 행렬이 이어졌다. 이 길을 따라 쭉 걷다 보면 화랑대역 인근으로 이어지고, 더 걷다 보면 근처에 육군사관학교가 있다.

재정비사업을 시작하던 때부터 공릉동을 떠나기 직전까지, 이 기찻길을 따라서 참 많은 시간을 걷거나 뛰었다. 2013년의 내 생일엔 친구들 6명과 술에 취한 채 노래를 부르며 걷기도 했고, 때론 한두 명의 친구들과 속 깊은 이야기를 나누며 하계동에서 화랑대역 인근의 기찻길까지, 긴 시간을 걷기도 했다. 걷다 보면 아는 사람을 만나 같이 걷거나, 밤새 술을 마시고 아침햇살을 받으며 또다시 걸었다. 지금, 그러니까 2021년의 현재에 이르러 홀로 이 길을 걸으며 느꼈던 것은 이곳이 내겐 정신적 고향이자 나의 문학적 토양이라는 점이었다.

혼자 걸을 땐 주로 구상 중인 시와 소설을 머릿속에 품은 채였다. 또한 늦은 밤이거나 새벽이었고, 그렇게 걷다가 자취방에 돌아가서 작업을 진행하거나 혹은 공릉역 근처의 탐앤탐스 카페에서 아침까지 글을 썼다.

마침내, '그곳'이 나왔다. 공릉역 탐앤탐스. 이 동네에선 유일한 24시간 카페였고(물론 현재는 거리두기 정책으로 오후 10시까지만 운영하고 있다), 내 별명 중 하나는 '탐탐지박령'이었다. 대학을 다닐 때 내 하루 일과의 끝은 거의 무조건이라고 해도 좋을 만큼, 탐앤탐스를 방문해 책을 읽거나 글을 쓰는 것이었다. 집에 돌아가지 않는 경우는 종종 있어도(가령 근처의 친구 집에서 잔다거나) 탐앤탐스를 방문하지 않는 경우는 거의 없었다. 아무리 술을 많이 마셔도, 늦은 새벽이 되었어도 나는 탐앤탐스를 방문해서 아메리카노를 마셨다. 물론, 그렇게 밤을 새고 난 뒤엔 아예 해가 질 무렵까지 잠을 자느라 강의를 결석하는 일이 태반이었고……(그래서 졸업하는 게 7년이나 걸렸다).

결국 당연하다고 해도 좋을 만큼 나의 최종도착지는 탐앤탐스였다. 사실 이곳은 나뿐만 아니라 새벽 공부를 선호하는 올빼미족이면서도 도서관은 선호하지 않는 과기대 학생들의 메카 같은 곳이었고, 1층과 2층 모두 새벽 3~4시까지 만석인 경우도 허다했다. 사실 내가 지금 쓰고 있는 이 글도 탐앤탐스에서 초고를 쓰기 시작했다. 할 수만 있다면 새벽녘의 2층 전면 유리창을 통해 아침 햇살을 받으며 원고를 마감하고 싶었다. 물론 코로나 탓에 그렇게 할 순 없었지만…….

어쩌다보니 탐앤탐스 바이럴 홍보처럼 되어버렸지만, 사실 내가 방문한 저녁 무렵에도 이 카페엔 손님이 많지 않았다. 공리단길의 수많은 카페마다 사람들이 즐비한 것과는 대조적으로. 대학 주변의 24시간 카페가 흔히 그렇듯 이곳은 공부하는 대학생들이 주로 찾는 곳이고, 체인점의 특성상 커피맛도 특별하지 않다. 공릉동 특유의 정취와 훌륭한 커피맛을 보고 싶다면 공리단길을 방문하는 것이 좋다. 내가 추천하고 싶은 루트 중 하나는 과기대 정문 맞은편의 '과기대 로데오 거리'에서 고기를 먹고(그중에서도 '궁안뜰'을 추천하고 싶다, 고기를 친절하게 구워주실 뿐만 아니라 국내산 돈육치고 가격이 비싸지 않은 편이다. '세겹삼겹살'도 훌륭하지만 조금 더 저렴한 가격에 학생들의 회식이 잦은 곳이다) 길을 따라 쭉 내려와 하계동 방향의 한적한 산책로에서 어느 정도 소화를 시킨 다음, 화랑대역 방향의 공리단길에서 훌륭한 디저트와 커피, 주류를 즐기는 것이다. 노천 테이블에 앉을 수 있다면 그 특유의 정취는 덤이다. 특히 노천 테이블의 경우 시대 특성상…… 코로나 바이러스의 감염 위험성도 낮은 편이다.

서울에서 살기 시작한 것도 이제 십 년이다. 그 중 칠 년을 공릉에서 살았고, 또 삼 년을 노원구 인근에서 살고 있지만, 삼 년 만에 재방문한 공릉동을 한나절 걷고서 생각했던 첫 번째는, 이 동네는 어쩜 이리도 그대로일까? 싶은 점이었다. 그리고 곰곰이 생각해본 결과 내가 얻은 결론은, 처음 내가 공릉에 도착했던 2012년에 비해 2021년의 공릉 거리는 정말 환골탈태에 가까울 만큼 많은 것들이 변했지만, 내가 공릉에 머물렀던 7년이 바로 그 공릉동의 격변기였다는 점이다. 구 경춘선길 재정비 사업이 시작되었던 무렵이고, 나는 그 길의 바로 근처에서 자취를 하며 공사장의 소음과 먼지와 함께 내 20대를 보냈다. 물론 공사가 이루어지던 한낮에는 대부분 자취방에서 잠들어 있던 경우가 많았지만……. 어쨌거나 나는 공릉동이 변해가는 과정을 바로 옆에서 지켜보았고, 마치 함께 사는 사람이 변화하는 과정을 현저하게 인식하는 일이 어려운

일인 것처럼, 내겐 공릉동과 기찻길이 가족과도 같은 일부여서 그 변화도 자연스러운 일로 여겨졌던 탓이다.

　그럼에도, 또 모순처럼 들리는 말이지만, 나는 삼 년 만에 방문한 공릉동에서 마치 여행을 온 것과도 같은 이질감을 함께 느꼈는데, 또 생각해보면 그 기억을 함께 했던 사람들이 이제는 모두 이곳에 없는 탓인 것 같다. 나와 가깝게 지내던 사람들은 각지로 뿔뿔이 흩어졌고, 연락하는 이도 몇 되지 않는다. 가족처럼 친숙한 기찻길을 걸으며 길과 길가의 테이블에 가득한 사람들 한가운데 있었지만, 나는 어쩔 수 없는 이방인이었다.
　그리고 나는 그 고독감이 싫지 않았다. 이것은 나뿐만 아니라 여행을 좋아하는 지인들 몇 명과도 공유했던 점인데, 나는 일상에서 멀리 떨어진 낯선 곳에 있을 때 시간이 천천히 가면서 온몸의 감각이 깨어나는 느낌과 함께, 가끔 내가 살아있다고 느낀다. 그런 이야기를 대한민국에서 지인들과 나누며 왜 국내에선 그런 감정을 느낄 수 없는 걸까, 궁금했던 적이 있는데, 묘하게도, 나의 정신적 고향인 공릉에서 내가 살아있다는 감각을 느꼈다.

　나는 시를 쓸 때 자주, 과거와 현재와 미래가 혼합된 서사를 쓰는 것을 좋아한다. 그런데 이렇게 과거의 기억과 현재의 경험으로만(엄밀하게 말해서 '현재의 경험'이란 것도 시간의 차이일 뿐 과거의 기억으로 포괄되는 것이지만) 구성된 산문을 쓰면서 깨닫는 건, 상상력과 낯선 공간은 매우 밀접한 연관성을 갖고 있다는 점이다. 당신이 아직 공릉동을 방문하지 않았다면, 나의 기억을 계기로 당신이 상상하게 된 공릉동이, 당신의 방문으로 말미암아 과거의 경험이 될 수 있다면, 그것은 지금의 우리에게 어떤 미래가 될 수 있을까?

천천히 흐르는 기억과 함께 걷는다

유현아[•]

1

아침을 일찍 시작하는 편이다. 알람이 울려서도 아니고 충분한 잠을 자고 일어나는 것도 아니다. 뒷산에서 내려오는 어떤 새의 울음 또는 바람을 타고 오는 나무의 냄새 때문이다. 그렇다 우리 집 뒷산이 불암산이다. 1999년 아파트가 들어서기 이전의 낮은 집들이 있을 때부터 아니 무허가 땅이었던 그때부터 불암산은 여전히 동네를 감싸고 있다. 여덟 살에 상계동으로 이사 왔다. 허름한 집들이 다닥다닥 붙어있는 동네였다. 어른들도 많았고 아이들도 많았다. 어른들이 일하러 시내로 나가면 아이들은 골목골목을 돌며 뛰어다녔다. 난 느린 아이였고 사교성도 없었고 가난했다. 아이들과 놀고 싶었지만 다가가는 것이 어려웠고 아이들도 나를 관심 두지 않았다. 그런 시간이 쌓이자 나는 혼자 어딘가를 걷고 있는 아이가 되었다. 지금도 그렇지만 굳이 걷지 않아도 되는 시간이 있다. 많은 시간이 지났지만, 여전히 상계동 불암산을 뒷산으로 두고 있는 나에게 걷는 것은 어떤 목적이 있어서가 아니라 아무 이유도 없이 그냥

• 2006년 전태일문학상을 받으며 작품활동 시작. 현재 아름다운청년 전태일기념관 문화사업팀장으로 근무. 시집 『아무나 회사원, 그밖에 여러분』, 『주눅이 사라지는 방법』 등.

걷는 동네 사람인 것이다.

불암산 둘레길을 자주 가지는 않는다. 다만 어떤 변화가 있을 때 가령 계절이 바뀐다던지 비가 온 이후라던지 눈이 내린 후라던지 아니면 집에 찾아오는 친구들과 걷기를 할 때만 늘적늘적 걷는다. 그렇게 새롭지도 매력적이지도 않다. 그것은 상계동을 둘러싼 모든 이야기들이 나의 이야기라 별로 낯설 것이 없다는 뜻이기도 하다. 공동현관문을 나서면 길은 시작된다. 시작과 끝이 정해져 있는 것은 아니지만 둘레길을 끝까지 걸어본 적이 있던가. 여전히 나는 느린 걸음으로 걷고 둘레길을 찾은 사람들은 내 어깨를 스치며 나를 앞선다.

동네를 걷는다는 것은 어떤 약속이나 책임 없이 걷는 것이 아닐까. 오랜 시간 상계동에서 살고 있는 내게 불암산은 그냥 뒷산이고 둘레길은 언제든지 걸을 수 있는 길이다. 봄비가 내리거나 여름 장마가 시작되거나 가을볕이 따가울 때 겨울눈에 사각거리는 발걸음이 들리는 길이다.

첫 번째 약수터에서 잠시 앉았다 다시 집 쪽으로 되돌아온다. 그래도 되는 거리를 걷는다. 어린 시절 혼자 올라갔던 산길은 첫 번째 약수터에서 멈추고 다시 되돌아오길 반복했다. 더 걸어가면 길을 잃을 것 같았다. 사교성이 없던 나는 친구를 부르지도 못하고 언니나 동생들은 친구들하고 놀기 바빴다. 방 한 칸짜리 집에서 어린 내가 할 수 있는 것이라곤 잠을 자거나 교과서를 읽는 정도였다. 계절이 바뀌는 소리가 들리면 방에 있는 것이 그렇게 서러울 수가 없었다. 나를 위로해주는 그 누구도 없었다. 다들 그렇게 바빴다. 함께 걸으면 그 이상 걸어가기도 하고 중계동 104마을까지 걷기도 한다. 하지만 딱 그만큼 어린 내가 걸었던 그 만큼의 거리가 그렇게 좋았다. 익숙하다는 건 몸에 달라붙은 습관이므로 앞으로 걸어갈 생각도 사라진다. 되돌아 집으로 향하는 길을 익숙하게 걷는다. 여전히 걷고 걷는 사람들과 마주치며 왔던 길을 또 걷는다. 지

금은 낯선 사람들과도 눈인사를 한다. 산길에서 내려오는 끝에서부터는 골목과 골목이 이어지며 사람들이 북적거린 동네가 나왔다.

골목이 많던 동네는 이제 서서히 사라지고 있다. 시끄러웠던 목소리들과 어울려 집 밖에서 많은 이야기가 돌아다녔던 골목의 웅성거림은 이제 사라지고 있다. 단골이었던 목욕탕이 사라졌고 가끔 가던 슈퍼가 사라졌고 엄마와 함께 갔던 시장도 사라졌다. 가족 모임이 있으면 당연히 가야 했던 고깃집도 사라졌다. 사라진 골목을 기억하려 가끔 아파트 건립 공사가 한창인 가려져 있는 펜스 주변을 걷는다. 시간이 흐를수록 내 기억은 희미해지고 골목을 걸었던 발걸음의 기억도 사라진다. 거실 창문으로 가득 들어왔던 불암산은 이제 아파트에 가려져 흔적만을 보여준다. 계절마다 달라지던 불암산의 색들은 더 이상 우리 집 창문에서 볼 수 없다. 앞으로도 아파트가 계속 올라갈 것이고 거실에서는 불암산의 어느 모습도 비치지 않는 시간이 올 것이다. 그 시간이 얼마 남지 않았다는 것을 안다. 하지만 불암산은 사라지지 않고 길은 사람들의 발걸음으로 채워질 것이다. 세상은 끊임없이 새로움을 추구하고 과거의 불편함을 버리고 싶어 한다. 추억을 기억에서 사라지게 할 수 없듯이 걷던 기억도 불편한 기억보다는 하나의 소중한 추억으로 마음에서 자랄 것이다. 몸을 움직여 걷던 길은 새롭게 자라나고 조용하게 사라지는 것들의 움직임으로 여전히 사람들이 찾고 걷고 기억하는 길이기 때문이다. 내가 여전히 주섬주섬 곁을 살피며 고작 약수터까지 짧은 걷기를 하는 이유이기도 하다. 그리고 기억하기 위해서이기도.

2

전철을 타기 위해 당고개역으로 가는 길을 걷는다. 아파트 사이에 숨어있는 집들 사이사이 골목을 걷는다. 어떤 골목은 언덕처럼 경사가 있어 겨우겨우 올라간다. 골목은 어떻게 생겨났을까. 숨기에 좋은 골목이 많다. 똑같은 길이지만 늘 다르다. 부모님은 넷이나 되는 고만고만한 아이를 돌볼 틈이 없었다. 커가면서 불평불만이 많은 아이로 자랐다. 너무 시끄러웠고 미로처럼 펼쳐진 골목이 지겨웠다. 한번 들어가면 길을 잃을 것 같았지만 단 한 번도 집을 잃어버린 적은 없었다. 골목은 숨을 곳이 많았다. 아파트가 들어섰고 골목은 하나둘 사라졌고 난 상계동을 떠났지만 그 순간부터 상계동으로 다시 가야겠다는 생각을 했던 것 같다.

집에서 당고개역으로 가는 길은 쭉쭉 뻗은 예쁜 길이 아니다. 잘 다져진 길은 아니지만 걷다 보면 따뜻한 이미지와 마주친다. 당고개 유래비가 말해주듯 이곳은 고개였고 사람들의 염원이 들어있는 돌탑들이 있던 곳이다. 어느 밤은 그래서 서늘하게 무섭기도 하다. 유래비를 날마다 보며 당고개역으로 향한다. 유명한 '당고개 냉면' 식당이 유래비 옆에 있었다. 허름한 낮은 집에서 면 삶는 냄새가 날마다 났다. 냉면을 좋아하는 나는 그 집에서 냉면을 먹고 싶었지만 단 한 번도 먹어본 적이 없었다. 재개발로 당고개냉면집은 조금 걸어야 하는 곳으로 이전을 했고 틈날 때마다 냉면을 먹으러 갔다. 깔끔한 외관보다는 예전 기억의 이미지를 느끼며 밍밍한 냉면을 먹었다. 밍밍한 맛은 어쩌면 상계동에서 사는 사람들의 맛일지도 모른다는 생각을 했다. 별일 없지만 꾸준히 성실한 삶을 살려는 사람들은 그저 하루하루를 다정하게 보내는 것으로 만족하는 별일 없이 사는 그런 밍밍한 맛을 좋아하는 사람들. 이제는 남양주로 이사간 당고개냉면집에서 먹는 냉면은 상계동에서 먹는 맛하고는 약간 다르다. 당고개 냉면집은 당고개에 있어야 제맛이 나온다는 나의 이상한 고집이기도 하다.

당고개역 주변은 불암산을 가려는 등산객들 덕분에 작은 식당들이 즐비하다. 역을 중심으로 맛을 찾는 사람들이 보이고 별내로 가려는 사람들이 버스정

류장에서 기다린다. 버스정류장에서는 과일가게며 식당이 있고 간간이 무엇인가 사는 사람들이 보인다. 자연스럽게 주고받는 일들이 생긴다. 누군가는 팔고 누군가는 사고 누군가는 기다리고 누군가는 간다. 가끔 우리집곱창에서 곱창전골을 먹는다. 식당에서 먹는 경우도 있고 요즘엔 주로 포장을 해가서 집에서 먹는다. 식당에서 먹을 때와는 약간 맛이 다르다. 언젠가 사장님께 물어본 적이 있다. 왜 맛이 다르냐고. 사장님은 이렇게 대답했던 것 같다. "불의 세기와 관련이 있지 않을까요. 여긴 불이 세지만 집에서는 그만큼 불이 세지 않잖아요."라고. 그리고 끓이는 철판냄비 때문이지도 않을까 추측했다. 모든 맛은 여러 가지 조합으로 결정되는 것이라는 것을.

당고개역에서 내리면 골목 사이, 작은 식당들 사이 우리집곱창에서 포장을 해갈까를 고민하는 그 길이 오래오래 사라지지 않았으면 좋겠다는 바람을 해본다. 걷는 것은 길이 있어야 하지만 길이 있다고 모든 길을 걷는 것은 아니다. 몸을 움직여 걷는 것은 뛰는 것보다 마음을 더 써야 하는 것일지도 모른다. 걷다 보면 마주치는 식당들, 가끔씩 보이는 길고양이들, 멀리 또는 가깝게 보이는 불암산, 햇빛, 바람, 비, 눈, 꽃들, 나무들… 천천히 걸어야 보이는 것들 속에 함께하는 마음이 있다. 사람이 혼자 살 수 없는 것처럼 누군가의 수고로 누군가의 애씀으로 그것을 알아주는 마음으로 함께 살아가는 것이 아닐까. 당고개역 주변은 그렇게 작은 속삭임들(때로는 위악적으로 다가오는 경우도 있지만)과 함께 살아있는 모든 것들과의 만남이 교차하는 움직이는 길이지 않을까. 한 곳에서 오래 머물게 되는 일은 그리 흔하지 않다. 4호선의 마지막 전철역 당고개역에서 내려 골목과 골목 사이를 걷다보면 어떤 이야기가 흘러나오는지 기대해보면 좋겠다. 집에서 당고개역까지 가는 길을 걷는 것은 지금, 여기에 살고 있는 나에게 따뜻한 위로의 시간을 할애하고 있다.

3

부모님은 당고개역 뒤쪽 양지마을에서 겨울을 나신다. 20여 년 전 아버지의 고향으로 두 분은 내려가 농사를 짓는다. 그러나 이사를 완전히 한 건 아니다. 여름이면 더워서 겨울이면 추워서 생일, 명절, 자식들 보고 싶어서… 어떤 핑계를 대든지 서울에 머무르시려고 한다. 아버지와 어머니는 그렇게 별것 아닌 공간을 가지고 싸운다. 그래서 내린 결론은 양지마을에 작은 집 하나 전세를 내어 재개발이 될 때까지 시골집과 서울집을 왔다 갔다 하신다. 부모님은 서른 중반에 상계동으로 이사를 했다. 공장이 쫄딱 망해 들어온 상계동에서 이것저것 닥치는 대로 일을 했다. 그런 곳을 떠나지 못하는 이유는 아마도 어떤 낭만(?) 같은 것이 있지 않았을까. 그리고 나는 서른 중반이 훨씬 넘는 나이가 되었다.

양지마을로 올라가는 길은 가파르다. 천천히 걷다 보면 재개발 지역임이 보인다. 가끔씩 나오는 공가 표시나 헐린 집들의 잔여물이 그렇다. 그런 것들만 빼면 아름다운 길이다. 아름답다, 는 표현이 어떨지 모르겠지만 상계동의 제일 끝 동네 언덕에서 눈을 돌려보면 알 수 있다. 부모님이 계시거나 안 계시거나 주말에 가끔 그 길을 걷는다. 괜히 이쪽 골목으로 들어가고 저쪽 골목으로 들어간다. 연결된 골목을 찾기도 어렵고 들어갔다 나와야 하는 골목이 많다. 동네에 들어가는 첫 발걸음에서 보면 차곡차곡 쌓여있는 이야기가 있는 듯하다. 어르신들이 많이 사셔서 그런지 동네는 무척 깨끗하고 정갈하다. 드문드문 나와 이야기를 나누는 어르신들의 모습에서 따뜻한 햇살이 내리쬐는 느낌이 든다. 삶을 견뎌내듯 이 골목도 함께 견뎌내는 것일 수 있겠다.

부모님이 계시면 가끔 순대국을 먹으러 우물집에 간다. 우물집은 당고개역에서 별내 가는 길에 오래전부터 있었는데 길이 넓어지면서 당고개역 쪽으로 이전을 했다. 주인 할머니가 허리를 붙들며 '아이구, 아이구'하면서도 손수 국

을 내온다. 별 반찬도 없고 추어탕이 더 맛있다고 하는데 부모님과 나는 꼭 순대국을 먹는다. 순대국에 순대는 없다. 반주로 소주 반병을 마시는 아버지는 어머니의 잔소리를 들으면서도 후루룩 잘 드신다. 순대국 한 그릇씩 먹고 나온 후 집으로 올라간다. 해가 조금씩 사그라지는 느낌이 들 때 부모님이 사는 집을 올라갈 때면 향긋한 바람이 불어온다. 부모님의 느린 발걸음과 함께 보폭을 맞춰 길을 걷는다. 걷는 것이 불편하고 사는 것이 어려움에도 부모님은 상계동을 좋아한다. 오랜 세월 상계동을 떠나지 않는 나도 어떤 이유를 들어서든 이

곳에서 계속 살고 싶은 마음이다.

4

처음 상계동으로 이사왔을 때 이렇게 오래 살 줄 몰랐다. 커가면서 상계동은 내게 어떤 불편한 동네였고 벗어나고 싶은 길이었다. TV 드라마에서 나오는 가난한 동네의 표본이었다. 갖춰진 편의시설이 제대로 있지 않았다. 낡고 오래된 집들이 허물어지고 재개발이 시작되고 원주민들이 쫓겨나는 것을 지켜보았다. 마지막 정류장이라 출근할 때는 앉아서 가지만 퇴근할 때는 꾸역꾸역 떠밀려 들어오는 이곳이 그렇게 좋은 동네라고 생각해 본 적이 없다. 그러나 지금 내가, 시골로 내려간 부모님이 상계동을 여전히 기억하고 걷는 이유는 아마도 오랜 시간을 이야기와 함께 살고 있기 때문이 아닐까. 삶의 가치가 이곳에 뿌리를 두고 써 내려가는 하나의 문장이 되는 것을 경험했기 때문이 아닐까 생각했다. 내가 걷고 있는 이 길에 지금은 사라진 단골식당도 있었고 사라지려 하는 단골 가게도 있다. 그리고 골목이 사라지고 있다. 몸이 편리함을 추구하지만 이야기들이 무럭무럭 피어났던 기억들과 함께 나는 걷는다. 내가 걷는 '덕릉로'라는 길이름이 낭만적으로 다가오고 불편한 길들이 걷다 보면 비 온 뒤 햇살처럼 따뜻하게 다가온다. 서울시 노원구 상계동에 살고 있고 여전히 걷는 나는 어떤 이야기를 기억하게 될까. 걷는 속도처럼 이곳이 조금은 느리게 변화되었으면 하는 바람을 가지고 불암산의 둘레길을, 당고개역의 웅성거림을, 부모님이 살던 양지마을을 걷는다.

은행사거리

성동혁[*]

학교가 끝나면 세진 컴퓨터랜드에 갔다. 여름엔 시원하고 겨울엔 따뜻했다. 컴퓨터에 있는 게임을 맘껏 해도 뭐라고 하는 직원 분들은 없었다. 깨끗하고

• 2011년 〈세계의 문학〉 신인상으로 등단. 시집 『6』, 『아네모네』.

넓은 그곳으로 몰려갔다. 첫 컴퓨터도 그곳에서 샀다.

그 옆엔 대명 사우나가 있었다. 온몸이 수술 자국이라 수영장이나 대중목욕
탕을 가지 않는다. 평소 가지 않던 목욕탕을 친구와 다녀온 기억도 있다. 얕은
탕에 조금 앉아 있다가 나왔었다. 목욕탕에서의 기억이 선명한 게 아니라, 목
욕탕에서 나와 친구네 집에 가서 먹었던 밥이 생각난다. 왜 그리 맛있게 먹었
는지 모르겠다.

은행 사거리에 맥도날드가 생긴 후엔, 그곳에서 생일 파티를 하는 친구들이
늘었다. 프렌치프라이 쌓아 놓고 먹던 친구들이 얼마큼 자랐는지는 알 수 없
다. 다만 그 시절, 친구들이 입에 욱여넣었던 프렌치프라이보다 더 큰 마음이
생긴 건 확실히 알 수 있었다.

어릴 적부터 자주 병원에 오갔다. 방학에 수술을 하러 입원을 할 때도 있었

다. 건강하고 뛰기를 좋아하는 친구들도 내 옆에선 천천히 걸었다. 짓궂은 친구들도 내 옆에선 양보하고 배려했다. 친구들은 내가 부탁을 하기도 전에 가방을 들어줬다. 오르막이 나오거나 계단이 나오면 나를 업었다. 누구랄 것 없이 그리해 주었다. 의젓한 친구들 덕에 큰 사고 없이 학창 시절을 보냈다.

그러나 고등학생이 되고 수능이 다가올수록 친구들은 바빴다. 고3 시절은 가장 심심했던 시기였다. 노는 걸 좋아하던 친구들도 모두 공부를 하기 시작했다. 친구들이 학원을 오갈 때, 난 엄마 차를 타고 집에 돌아왔다. 먹고 싶던 것도 없고, 하고 싶은 것도 많지 않았다. 그냥 친구들과 군것질을 하며 천천히 집에 오고 싶었던 건데 그럴 수 없었다.

학원을 다닌 기억은, 인생을 통틀어 반년이 되지 않는 것 같다. 건강하지 못한 탓에 학교를 출석하는 것도 쉽지 않은 일이었다. 자주 양호실에 있었고, 종종 조퇴를 하고, 종종 결석을 했다. 부모님은 크게 아프지 않아 유급하지 않고 고등학교를 제때 졸업하길 바라실 뿐이었다.

시간이 지나 작가가 되어 학교에 다시 갔다. 작가 모교 방문 행사에 초청 받아 가게 되었다. 늘 웃으며, 많은 것을 배려해 주셨던 담임 선생님은 교장 선생님이 되어 계셨다. 독후감을 내고 시화전에 시를 냈을 때, 나를 애정으로 봐주셨던 국어 선생님은 교감 선생님이 되어 계셨다. 담임 선생님은 "동혁아, 네가 이렇게 다시 올 줄은 몰랐다." 하셨다. 나도 "선생님, 저도 제가 이렇게 올 줄 몰랐어요." 하며 웃었다. 많은 후배 친구들에게 학창 시절을 이야기했다.

공부 잘하고 근사한 선배들만 알았을 텐데, 그런 사람이 아니라 다행이었다. 혹여 나처럼 무엇도 하고 싶지 않고 무엇도 할 수 있는 힘이 없는 친구들이 있다면, 내가 하는 농담으로 웃고 기운을 내면 좋겠다 생각했을 뿐이다. 오랜

만에 교복을 보고, 후배들의 눈을 보니 친구들이 더 생각났다.

은행사거리는 학원가로 유명하다. 수험생 자녀가 있는 분들은 들어본 적 있을 것이다. 교육을 위해 목동으로 이사를 가는 분들이 있듯, 은행사거리 주변도 마찬가지다. 은행사거리에서 학원이 없는 건물을 발견하는 것은 쉽지 않다. 서라벌 고등학교, 영신 여자 고등학교, 혜성 여자 고등학교, 상명 여자 고등학교, 대진 고등학교, 대진 여자 고등학교, 혜성 여자 고등학교, 재현 고등학교 등 은행사거리 주변엔 많은 학교들이 있다. 고등학교뿐만 아니라 중학교, 초등학교도 마찬가지로 많다. 은행사거리 주변의 학생뿐 아니라 타 지역 학생들까지 은행사거리로 수업을 들으러 오곤 한다. 나의 학창 시절 때도 학원은 많았지만, 지금은 그때와 비교하기 힘들 정도로 체계화되고 대형화 되었다.

대학생 무렵 은행사거리와 먼 곳으로 이사를 갔다. 성인이 된 후 오랜만에 은행사거리에 간 적이 있다. 학원이 끝날 무렵이었다. 대로와 이면 도로가 차로 가득했다. 학원 셔틀 버스와 학부형 분들의 차로 도로가 움직이지 않았다. 동시다발적으로 여러 건물들에서 우르르 학생들이 나왔다. 어두운 밤, 너무 많은 사람들이 거리로 나오는 모습이 기이하고 무섭기까지 했다.

한편으론 학생들의 모습이 안쓰럽고 슬프기까지 했다. 친구들이 생각나서였다. 친구들이 얼마나 꿋꿋하고 안쓰럽게 저 시간을 버텼을까. 푹 자고 싶을 것이었고, 군것질을 하고 싶었을 거다. 별일 아닌데도 크게 웃으며 집으로 돌아가고 싶었을 것이다.

한국청소년정책연구원에 따르면 (2020년 기준) 아동·청소년 중 47.7% 수면이 부족하다고 응답했다. 지난 1년 간 죽고 싶다는 생각을 해본 중·고등학생은 27.0%였다. 그 이유 중 39.8%가 학업 부담과 성적 등 학업문제였다.

학생 때 같은 반 친구가 하늘로 먼저 간 일이 있었다. 멀리서만 일어나는 일이 아니었다. 모두 함께 교복을 입고 장례식에 갔다. 종종 점심을 먹으러 식당에 함께 내려가던 친구였다. 친구를 살피지 못했다는 마음에 한동안 깊은 죄책감이 들었다.

어떤 이유에서 촉발된 일이더라도, 멈춰야 하는 순간이 필요한지 모른다. 더 아프지 않도록, 아예 되돌리지 못하는 상태가 되지 않도록 멈춰야 할 때가 있다. 나에게만 필요한 시간은 아닐 테다.

사거리를 채우는 수많은 학생들이 그저 대견하거나 의젓하게만 보이지 않는 이유다. 어떤 것도 나아지게 해 주지 못한 어른이 된 것 같아 미안한 마음뿐이다.

"은행 사거리가 왜 은행 사거린 줄 알아?"

초등학교 때부터 은행사거리에 살았던, 그러니까 여전히 그곳에서 30년 남짓을 살고 있는 친구들에게 대뜸 이런 질문을 했다. 친구들은 정말 몰라서 묻냐는 뉘앙스로 반문했다. 그럼에도 확인하기 위해 설명해 달라고 했다. 친구들은 모두 사거리에 은행 네 개가 마주보고 있어서 그런 거라고 이야기했다. 그것을 몰라서 물은 건 아니었다.

사거리 모퉁이마다 은행이 있었다. 주택은행, 조흥은행, 한일은행, 상업은행. 네 개의 은행들이 서로를 마주보던 사거리였다. 사람들은 이곳을 은행사거리라 불렀다. 네 모퉁이에서 서로를 마주보던 은행들은 이름이 바뀌거나, 사라졌다. 지금은 세 모퉁이에만 은행이 있다. 은행 네 개가 서로를 바라보던, 말 그대로 은행 사거리의 시간이 지나간 것일 수 있다. 이 글을 쓰며 조사를 하던 중, 오래된 은행나무 덕에 지명이 정해졌다는 지자체의 소개 글을 보았다.

우리가 모르는 사이, 은행(銀行) 사거리가 은행(銀杏) 사거리로 바뀐 것이다. 어리둥절했다. 친구들에게 말을 하니 모두 비슷한 반응이었다. 초중고를 은행사거리에서 나왔다. 친구들 중 어느 하나도, 가족들도 은행사거리를 은행나무의 은행이라고 아는 사람은 없었다. 노원구청 블로그에서 소개한 그 은행나무는 은행사거리에서 한참을 가야 나오는 외딴 곳에 있다. 별것 아닌 이야기라 생각할 수 있다. 그러나 마음이 심란했던 건, 꼭 내가 거닐던 은행사거리가 내가 알던 은행사거리가 아닌 것 같은 기분이 들어서였다.

시간은 가끔 허상 같다. 거짓말 같다. 각자 시간을 가늠하는 여러 방법이 있을 것이다. 공간을 보며 시간을 체감할 때가 있다. 많은 것이 사라지고 변하는

것을 본다. 익숙하던 공간이 훌쩍 낯설어진 것을 발견할 때가 있다. 세진 컴퓨터랜드와 대명 사우나는 사라졌다. 음반 가게와 책방 또한 사라졌다. 수많은 상점과 함께 어떤 시간이 흐른 걸 인정할 수밖에 없다.

그러나 여전히 그 자리에 있는 것들이 있다. 함께 프렌치프라이를 쏟아 놓고 먹은 친구들은 은행 사거리를 떠났지만, 맥도날드는 여전히 그곳에 있다.

친구 아버지께서 하시던 안경점도 여전히 그곳에 있다. 시간이 지나 친구 또한 안경사가 되었다. 학창 시절엔 안경을 쓰지 않아 갈 일이 없었지만, 성인이 된 후엔 종종 갔다. 어머니의 안경을 맞춰 드리러 굳이 먼 은행사거리까지 갔던 건, 같은 자리에서 대를 이어 안경을 만드는 친구 아버지와 친구를 믿기 때문이었다. 시간이 쌓아올린 것은 보이지 않지만 느낄 수 있다. 맥도날드와 친구네 안경점은 시간의 표식 같은 것이었다. 그렇게 자리를 지키는 것들 덕에 은행사거리는 여전히 어떤 시간을 머금고 있다.

기억은 무엇도 살 수 없는 화폐겠지만,
원금이 비어가는 통장일 수도 있겠지만,

그럼에도 끊임없이 입금해야 하는 적금일 테다.

학창 시절을 떠올리는 것이 그랬다. 은행사거리를 함께 오가던 친구들을 기억하는 것이 그랬다. 세세히 기억해내려고 해도, 기억하는 것보다 유실한 기억이 많은 건 어쩔 수가 없었다. 이제는 어디서 어떻게 지내는지도 모르는 친구들이 생각나기도 했다. 그래서 남은 기억들이 더 소중해지기도 했다.

나의 가방을 들고, 나를 업어 주던 친구들은 잘 지내고 있다. 타국에 이민을 가서 요리사가 된 친구도 있고, 육아를 하며 복직을 한 친구도 있다. 주스를 만드는 친구도 있고, 타국의 대사관에 있는 친구도 있다. 노무사가 된 친구도 있다. 대기업을 나와 절반이 된 월급으로 두 배의 행복을 누리는 친구도 있다. 모두 어떤 일을 하며, 어떤 행불행 속에서 지내는지 세세히 알 순 없지만, 우린 종종 연락을 하고 자주 그리워한다.

얼마나 많은 화폐가 은행사거리를 거쳐 갔는지 알 수 없다. 다만 확실한 건, 우린 보이지 않는 시간을 끊임없이 은행사거리에 두었다는 것이다. 그곳을 거닐던 친구들의 걸음 하나하나가 은행사거리를 화사하게 만들었던 것을 안다.

지금도 은행사거리를 거닐고 있을 수많은 학생 친구들이 내내 건강하길! 무한한 응원을!

고봉준 2000년 서울신문 신춘문예 문학평론으로 등단. 현재 경희대학교 후마니타스칼리지에 재직. 평론집『비인칭적인 것(2014)』,『문학 이후의 문학(2020)』외 다수.

구효서 1987년 중앙일보 신춘문예에 소설 당선. 동인문학상, 이상문학상 수상. 전업작가. 장편소설『비밀의 문』『랩소디 인 베를린』등 다수.

권민경 2011 동아일보 신춘문예에 시부문 당선, 2020-2021 노원 더숲 상주작가 시집『베개는 얼마나 많은 꿈을 견뎌냈나요』

김연덕 2018〈대산대학문학상〉을 통해 등단. 첫 시집『재와 사랑의 미래』를 출간.

김용안 인천에서 오랫동안 국어를 가르쳤다. 2010년『지구의 마지막 낙원』을 쓰며 어린이책 작가가 되었다. 동화『수달이 오던 날』,『시금털털 막걸리』등의 작품이 있다.

김은지 2016년〈실천문학〉시 부문 신인상. 2021년 책방 지구불시착 파견 작가. 시집『책방에서 빗소리를 들었다』『고구마와 고마워는 두 글자나 같네』.

김응교 1987년「분단시대」시 발표, 1990년 월간〈한길문학〉신인상. 숙명여대 기초교양학부 교수. 시집『부러진 나무에 귀를 대면』, 평론집『처럼-시로 만나는 윤동주』, 영화 에세이『시네마 에피파니』등.

류승민 문화재청 인천공항 문화재감정위원. 한국전통문화대학교 강사. 논문「조선후기 전서풍 연구」,「단원 김홍도의 개인성」등.

박금산 2001년〈문예중앙〉신인문학상으로 등단. 서울과기대 문창과 소설창작 교수. 장편소설『남자는 놀라거나 무서워한다(2020)』외 다수.

성동혁 2011년〈세계의 문학〉신인상으로 등단. 시집『6』,『아네모네』.

오석륜 2009년 문학나무 신인상. 인덕대학교 비즈니스일본어과 교수. 대통령 소속〈도서관정보정책위원회〉위원. 시집『사선은 둥근 생각을 품고 있다(2021)』,『진심의 꽃(2021)』외 다수.

유현아 2006년 전태일문학상을 받으며 작품활동 시작. 현재 아름다운청년 전태일기념관 문화사업팀장으로 근무. 시집『아무나 회사원, 그밖에 여러분』,『주눅이 사라지는 방법』등.

장은수 읽기 중독자. 문학평론가. 민음사 대표이사, 한국문학번역원 이사 역임. 저서로『출판의 미래』『같이 읽고 함께 살다』등이 있으며,『기억 전달자』『고릴라』등을 우리말로 옮김.

정사민 2019년〈현대시〉신인추천을 통해 작품활동 시작.

최현우 2014 조선일보 신춘문예에 시 부문 당선. 시집『사람은 왜 만질 수 없는 날씨를 살게 되나요(2020)』외.

하응백 1991년 서울신문 신춘문예에 문학평론으로 등단. 한국문화예술위원회 책임심의위원 역임, 휴먼앤북스 출판사 대표. 소설『남중(2019)』외 다수.

한정영 2009년 노빈손 탄생 10주년 기념 공모전 대상. 중앙대 연구교수 서울여대 겸임교수 역임, 도서출판 북멘토 편집위원. 동화『굿 모닝, 굿모닝』,『노빈손 사라진 훈민정음을 찾아라』외 다수.